相思千里——古典情詩中的美麗與哀愁

李瑞騰 著

《相思千里》新版序

李瑞騰

一九七二年，我上大學讀中文系，對於辭章之學特感興趣，在古典詩文及理論方面的學習較有心得，也學著現代文學創作，詩、散文、小說都試著寫，希望兼治古今文學。

一九七四年我編系刊，專訪張夢機老師談〈詩歌創作的完成與欣賞〉，我用一張自製的圖表為本，和老師談了一個下午，用對話的形式，整理了一篇很長的訪談稿，加上前言後語，發表在系刊上。老師想必還滿意，後來收入他的《思齋說詩》當附錄；我徵求老師的同意，將對話稿改寫成一篇獨立的論述文本，並略述其緣由，投稿《中央日報・副刊》，分三天刊畢。

在準備訪談的過程中，我讀了不少有關的書，圖表也是改了又改。對話有錄音，整理成篇則有必要的斟酌損益，從對話稿到論述文章，有更深更廣的思慮，最終又得以發表在當時頗為重要的文藝傳媒，於我而言，不啻一場詩學冶煉。

一九七〇年代中期，台灣出現完全迥異於過去今註今譯的古典詩詞賞析，夢機老師也參與其事，那就是著名的《江南江北》、《曉風殘月》等；其後台北一家出版社請夢機老師和吳哲夫先生合編一套「詩與詩人叢刊」：李正治寫李白、陳文華寫杜甫、李瑞騰寫白居易、顏崑陽寫李商隱、蔡英俊寫李賀。我那時是碩士生，現代詩的詮釋寫過一些，正要寫碩論〈六朝詩學研究〉，所以我幾乎是同時從事兩個專題的研究，也大約同時完稿，《一曲琵琶說到今——白居易詩賞析》出版時（偉文，一九七八），我正等待入伍服預官役，不安中也有幾許興奮之情。

我寫白居易的準備工作，和寫碩論差不多，能找的資料都找了，也盡可能去讀，原典底本用清朝汪立名的《白香山詩集》，全集式的閱讀，感受很特別；選詩考慮讀者，太難的不選；寫作時間、形式和主題類別等，也都有所斟酌；最後寫成前言、詩選賞析以及附錄〈白居易寫鶴〉。

那個暑假，除了等待入伍，我到一家出版社工作，策畫了一套古典詩分類賞析（「古典四書」：《喜怒哀樂》、《愛恨生死》、《春夏秋冬》、《青紅皂白》），包括中國古典詩中的情緒、生命、季節和色彩四種主題，導論外加賞析，比起前述二種，深了一些，而環扣主題，選詩嚴謹度強些，作者是我的朋友顏崑陽、蔡英俊、龔鵬程、蕭水順（蕭蕭），他們表現精采。書中崑陽主編完成（故鄉，一九七九），書市反應熱烈，出版社乃續編下去，最後出了十二本。

一九八〇年秋天，我重返校園，並在蓬萊出版社任職，策畫了一套「古今四唱」，我用筆名「李庸」執編二本，一是古典情詩《良玉生煙》，一是現代情詩《千山急雨》。前者較為費力，我且撰長文〈美麗的哀愁—中國古典情詩的探討〉當作導論，另發表在《文壇》第二五七期（一九八一年十一月）。

選題企畫是我的興趣，我和龔鵬程另幫聯亞出版社策畫一套「中國文學精華」，分詩經、樂府詩、古體詩、律詩、絕句、詞、散曲、明清民歌等八冊，請張夢機老師主編，我自己寫了《水晶簾捲——絕句精華賞析》（一九八二）。這套書命運坎坷，流落幾家出版社，如今書市已難得一見。

一九八二年一月起，我開始在《文藝月刊》寫「詩心與國魂」專欄，連同原在《幼獅文藝》寫的數篇，合起來結集成《詩心與國魂》一書（漢光，一九八四）；一九八四年一月起在《文藝月刊》寫「美麗與哀愁」專欄，連同次年在《快樂家庭》寫的「古典的抒情」專欄，結集成《相思千里》（業強，一九九一；九歌，二〇〇〇），從愛國寫到愛情，是賞析白居易以降的數年間，我在古典詩的詮釋上面所做的一些事兒。

九歌出版社陳素芳總編輯和我商量再版新印《相思千里》，我認為這是一件美好之事，不假思索便應允了。因之，對於我討論古典詩中的「愛情」一事，或有必要略作交代。

前文說過，我在編《良玉生煙》時寫成導論〈美麗的哀愁〉，有這個基礎，我在古典愛國詩專欄結束一段時間後，決定以愛情詩為主題，於《文藝月刊》續寫專欄，首篇談《詩經．國風》的愛情表現，以「一日不見，如三秋兮」為題，刊了二期。寫法主要是挑選出以愛情為主題的作品，在交代寫作緣由之後，便依序介紹，請看以下的幾個小標：「愛的嚮往與追求」、「青春男女的愛與恨」、「相思千萬遍」、「戰爭與愛情」、「棄婦的哀歌」，內容不外是作品的詮解，引詩後還作艱難字詞的簡單注釋。《詩經》以後寫了兩漢樂府，分析了定型的閨怨情詩〈自君之出矣〉，討論了「鴛鴦」、寄衣情境、望夫石、息夫人故事、葉上題詩、商人婦等。這些題目，其實也沒有什麼創見，但我是用詩來談情說愛，還希望能探觸社會文化背景，了解一種狀況或情境的多種文本的不同寫法。

我另在《快樂家庭》寫「古典的抒情」專欄，其實是相近的東西，寫了好多篇，各以詩句為題目，副題實指，清楚呈現探討對象，如〈韋莊哭姬的哀痛之情〉、〈梅堯臣對髮妻的深情〉、〈陸游詩中所表現的愛之痛苦〉、〈吳偉業寫卞玉京〉、〈黃仲則對年少一段戀情的追憶〉等。要寫這樣一篇夾敘夾議的專欄文章，詩人的傳記資料要找，作品集要讀，準備工作要好，說真的還頗費心力。

此後我就比較少寫古典詩方面的文章了，一方面因編《文訊》而致使當代性逐漸強化；另一方面，博士論文已漸有一些時間上的壓力，在編輯和教學無法減量的情況下，緩急輕重如何拿捏，得其「時」便是我重要的考量了，我乃重新調整時間，希望更有效管理諸多事務。其後有幾次想重回古典詩領域，但淺嘗便止，譬如說，我有一度想好好處理晚清詩歌，才寫了兩三篇就停了，如探討龔自珍的佛教詩、劉鶚的《鐵雲詩存》、譚嗣同如何表現兄弟之情等。我還是希望有一天可以續寫下去。

在中文系的教學上，我素來不以古典詩為專業，從不主動開設相關課程，唯有一次，教「二李詩選讀」的教授無法續開，我替她講了一學期的「李商隱詩」。其後，在文學院院長任內，適逢學校正發展「核心通識」，本於職責，我上過一學期的通識教育課程：「古典詩與愛」，主要是把《相思千里》轉化成教材，希望學生通過賞讀古典愛情詩，認識古詩之美、古代社會之男女關係、古代文人的愛情經驗等。我用力用心備課講課，用研究生幫我製作的PPT教學，講了十四講，自認為講得還可以，但總感覺學生的學習熱情不足，因此只教了一個學期，就打退堂鼓了。

寫《相思千里》諸篇的時候，我兒時雍出生（一九八三）；第一次出版前，次子時雋出生（一九九一），當時我寫的〈後記〉中有這麼一段文字：「我妻錦郁為此書作最後一校，而此刻，她正待產中，我們以歡心等待一個新生命的誕生。這樣的時候出版這樣的一本書，諸事紛陳中難掩心中的喜悅。」現在，時雍和我當年一樣，一邊讀博士班，一邊編報紙副刊；時雋已在讀碩士班。而我已常常被問及「退休了沒？」

知識需要普及化，古典文學需要現代化，讓更多人親近古典詩，是一件好事；讓古典愛情詩以新面貌與讀者見面，則是令人欣喜的事。我很高興我曾經寫了這本書。

目次

輯二　相看猶不足

附錄

導言

美麗的哀愁

——關於中國的古典情詩

愛情與詩

自有人類以來，愛情就一直是人類生命中的重大部分，不論是帝王卿相，或是販夫走卒，都有對於愛情的渴望和追求。

然而，渴望愛情的，不見得就敢去追求；去追求的，也不見得就如其所意，究竟有情人終成眷屬只是人們的想望罷了；而縱使能夠結髮為夫妻，也難說一定能夠恩愛兩不疑，或許外在的壓力逼使愛的雙方必得分離，分別能使人黯然銷魂，也或許對方負心或死亡了，都必得啃嘗愛情幻滅的苦澀滋味。因此，各類各型的表現就在人間世的許多地方不斷地發生，誰都可能會碰上，至少會聽到或看到在朋友或親人之中曾發生過。

於是，愛情就成了古今文學作家最喜歡表現在作品中的主題之一。這道理很簡單，因為它重要而且極具感染力，當我們閱讀一篇愛情小說，或是吟哦一首情詩，或是觀賞一齣愛情劇，很容易就受感動，彷彿這事兒便是肉眼所見，也或許自己的遭遇亦若是！

愛情與文學的結合是那麼的自然而合理，詩是文類之一，當然也不例外，但是詩比其他文類都來得自然，因為詩的傳統含意即已透露出一些訊息了：

「在心為志，發言為詩」（志者心之所之也，之者往也。）

「詩緣情而綺靡」（緣者因也，緣情即因情而生，綺靡比喻文詞精妙。前者指詩的產生動因，後者指情的表現形式。）

詩既由心產生，那麼它不外乎包括情（情緒、感情）、理（觀念、思想）了。愛情亦情，而且是情之大者，所以愛情入詩實是極其自然的事，問題是它們結合的方式如何？這很難一下子說明白，我想詩人體悟若深，不論他用直敘（白描）或經過幾層轉折（隱喻、象徵），皆能在他自己所抉擇的形式中去作合理的給出，讓情與事或情與景交契相融。

我想更進一步說明的是，那情可能是出於詩人自身，可能是所聞所見的事實，也可能純是想像，只要是敘述愛情的，不論是表現片斷的愛情感受，或是愛情事件的始末，在我的觀念裡都是屬於「情詩」。

中國的古典情詩

中國的詩，打從詩三百的時代開始，就不斷地重演著愛情，舉凡閨人思君（如召南〈草蟲〉、衛風〈有狐〉）、青春男女的歡愛之樂（如召南〈野有死麕〉、齊風〈雞鳴〉）和相思之苦（如鄭風〈子衿〉）、怨女的悲情（如鄭風〈東門之墠〉、邶風〈日月〉），皆在樸實的文字和優美的旋律中直接或間接地表現出來。

漢代樂府詩中的相和歌和清商曲繼承了這個傳統，彈奏出多樣態的愛之樂章，表現了赤裸裸的真愛，也許我們的祖先們那時尚保存著純真浪漫的原始性格吧！

然而我們必須要了解，《詩經・國風》以及樂府中的相和歌與清商曲最源頭之地是民間，它們的形態基本上都屬於《白雪遺音》一類的民歌，跳躍在青春草原上的可愛男女，他們內心的呼喚以及行動是組成這些詩的血肉，和文人創作的戀愛情詩是稍有不同的。大體說來，前者純是情感的直接宣洩，後者較為壓抑含蓄；前者調子輕快，後者較為緩重；前者多直敘，而後者曲折多變化。當然這樣的區別有些勉強，不過在比較下是可以這樣說的。

本文所謂古典情詩，係以唐至清為斷，對象是古近體，不包括詞、曲在內，其中亦不乏與民歌性質相近者，甚至於有採樂府或民歌體裁的，但基本上皆屬於詩人的創作。

美麗的哀愁

原先我概念地以為我們的古典情詩不外包括下面四類：其一，男歡女愛，激情浪漫者；其二，因空間的遠隔而引起的兩地苦思；其三，因一方的絕情或死亡而生的幻滅情緒；其四，純屬於靈之嚮往的昇華型情詩。後來終於發現，第一類的作品極為罕見，我們很難得讀到像唐寅（伯虎）〈題拈花微笑圖〉那樣充滿喜悅與諧趣的作品，更不用說像六朝民歌「碧玉破瓜時，郎為情顛倒。感郎不羞郎，回身就郎抱。」（〈碧玉歌〉），或者像關漢卿的散曲〈一半兒．題情〉：

> 碧紗窗外靜無人，跪在床前忙要親，罵了個負心回轉身。雖是我話兒嗔，
> 一半兒推辭一半兒肯。

那樣出於天然的喜悅之音，在文人的筆下就有了淡淡的焦慮了，也許我們的詩人都比較多愁善感。

當我讀到清代女詩人席佩蘭的〈喜外歸〉時，原以為席氏會重在一個「喜」字，沒想到她的喜意雖濃，卻出之以濃濃的愛憐；憐他披星戴月趕路，憐他面容消瘦，渴望前去傾訴別後，卻欲言又止，「敢先兒女說離情？」哀愁，應該可以說是中國古典情詩的主調吧！然而這種哀愁是美麗的，不僅是形式之美，而且其實質的美，亦美得讓人為之心動！

空間的遠隔與兩心的牽繫

離合本是人際之常，但是對愛的雙方來說，由合而離是相當殘酷的，尤其對於中國古代的女性，那漫長歲月的空虛、寂寞以及隨之而來的焦慮，是那麼無情地吞噬她們的青春，只得落淚，藉著回憶昔日的甜蜜來彌補心靈的空虛，讓希望支撐著生命繼續等待下去。

於是這便成了古來情詩的一個重要母題，而且不管是男性手筆抑或女性自吐哀音，詩中的敘述者大部分是女性，原因之一是傳統中國社會的男女關係極不平衡，男尊女卑，男人可以縱情聲色，而女人終其一生皆必須固守所謂的三從四德、動輒得咎；原因之二是男人往往出外遊學、經商或奉命出仕遠方（貶官是最常見的），空留下愛妻獨守寂寞家園；原因之三是一般來說女人較為脆弱，有許多人似乎被命定要備嘗煎熬，哀愁是易於感染的，再加上文人又往往喜歡將痛苦來誇張來渲染。

女子因思念遠方的郎君而哀而愁的詩，像金昌緒的〈春怨〉、范成大的〈春思〉、吳偉業的〈古意〉、黃景仁的〈別意〉等等，諸如此類的詩，落淚是常有的現象，如：

半晌不抬頭，羅衣淚沾濕。

——黃景仁〈別意〉

前年花開憶湘水，
今年花開淚如洗。

——范成大〈春思〉

潮中有妾相思淚，
流到樓前更不流。

——韓駒〈為亞卿作〉

欲製寒衣下剪難，
幾回冰淚灑霜紈。

——席佩蘭〈寄衣曲〉

淚中有怨而無恨，往往她們仍然關心著對方的生活起居，擔心著他受風受寒，也因此而在詩中出現了「寄衣」的情境，像上引席佩蘭的〈寄衣曲〉就是明顯的例子，其他如：

明朝驛使發，一夜絮征袍。
素手抽針冷，那堪把剪刀？
裁縫寄遠道，幾日到臨洮？

——李白〈子夜吳歌・冬歌〉

一別隔炎涼，君衣忘短長。
裁縫無處等，以意忖情量。
畏瘦宜傷窄，防寒更厚裝。
半啼封裹了，知欲寄誰將？

——孟浩然〈閨情〉

此身儻長在，敢恨歸無日？
但願郎防邊，似妾縫衣密。

——羅與之〈寄衣曲〉

這樣的情意，恁是鐵石心腸亦應為之感動，然而仍有未歸人浪跡他鄉異縣，如果是不得不如此還情有可原，但假若心已隨人而遠去，就令人痛恨了！當有朝一日，那女子真成了「望夫石」，在山頭，日日夜夜受風吹雨打，縱使行人歸來，他能彌補這天大的恨憾嗎？

當然，男人遠離所親所愛也不是一件愉快的事，李白的〈長相思〉、杜甫的〈月夜〉、李商隱的〈無題〉（來是空言去絕蹤）、蘇東坡的〈贈別〉等都呈現一幅男子相思的畫面，和女子同樣的斷腸傷魂。

愛情的消失與幻滅

我們委實不願意看到人間世有愛情破滅的現象發生，然則那無論如何都難以避免，理由在前面已經說過了。所謂愛情的破滅，指的是愛不可能再繼續下去，縱使相愛，亦不能長相左右，這種情況不少，以下所舉的三類是古典詩中常見的。

一、愛情破滅的訊息

王建〈望夫石〉中的夫之所以未歸，很可能是無可奈何，因為傳說中他是去了前線，說不定已可憐成為河邊之骨了。而陳造〈望夫山〉中的君，雖然亦因行役而離去，但對敘述者來說，她知道不管江南或江北，紅樓酒館林立，其中有的是傾國傾城的絕色美女，「妾身為石良不惜，君心為石那可得！」如若君心是石，滯留聲色場所之中，狠心不顧髮妻，那還得了！王安石的〈君難託〉是這種情況的最好寫照，可憐她雖已了悟君實難託終身，卻仍「不忘舊時約」，宋朝江湖派詩人許棐有題為〈樂府〉的兩首小詩，對於如此的一種郎妾關係有深刻的描述：

妾心如鏡面，一規秋水清。
郎心如鏡背，磨殺不分明。
郎心如紙鳶，斷線隨風去。
願得上林枝，為妾縈留住。

兩個簡單的譬喻把郎心刻畫得細膩，縱使郎心已隨風而去，她卻仍盼望有某種東西能夠將他留住。但是希望歸希望，男人如在外頭有得享受，像袁枚「千金盡買群花笑，一病才徵結髮情」（〈病中贈內〉），總還算有點良心，多少人至死都不能體悟髮妻的深情呢。

這些詩傳達了愛情破滅的訊息，但都還是詩中女性一己的情緒表現，至於像「情僧」蘇曼殊先生以有舊恨而入沙門，因入沙門而不言婚娶，所以面對著深愛他的女子，只能「還卿一鉢無情淚，恨不相逢未鬀時」（〈本事詩〉），正如同張籍〈節婦吟〉的「妾」，因為自己已是羅敷有夫，對於贈她雙明珠的男子，只有「還君明珠雙淚垂，恨不相逢未嫁時」的情況一樣，自己不能接受此愛，對方的愛情當然破滅了。

二、外在的壓力迫使愛的雙方不得相愛

男女相悅，兩心相許，原是美滿而和諧的，然而人是群性的，個人的行為是在所生存的空間呈現，自然會和這空間中的其他人發生關係，像父母、朋友以及群眾等，由於利益的互相衝突，觀點的差異，或是其他可能的因素，都會影響到個人行為，愛情與婚姻當然也不能免於此，所以一樁原本可能完滿的愛情在這些因素或其中之一的影響下，很容易就質變或者發生意外。

尤其在傳統的中國社會裡，個人的愛情往往受到家庭或社會規範的牽制而破滅，白居易的〈潛別離〉和李商隱〈無題〉（相見時難別亦難）是最明顯的例證。

白居易的〈潛別離〉描寫一對暗地裡相愛的青年男女，受了環境的逼迫，不得不忍痛分離的情況。

愛情應是神聖的，相愛絕非可恥，但他們為什麼連要分手都要「潛離與

暗別」呢？很簡單，心有所顧忌，不是顧忌著家長的反對，就是顧忌社會大眾的指責。李商隱的〈無題〉亦然，要來見一次面都困難，待要分離焉能不難過？所謂「東風無力百花殘」無非是暗喻沒有其他力量的支撐，愛之華就此受到摧殘了。誰的摧殘？很簡單，也是外來的壓力，不一樣的是，白詩中的男女後會無期，充滿著絕望感，而此詩中的男女雖亦是難再相會，但分手時彼此心意甚堅，願如春蠶吐絲（絲與思諧音），願如蠟炬燒成灰，愛就愛到底，直至生命枯竭。別後兩心的難熬自是意料中事，卻又不得相見，只有託付青鳥去探看對方了。

被迫不得相愛，讀來最令人酸鼻的莫過於雙雙殉情了，膾炙人口的〈孔雀東南飛〉用敘事的方式將焦仲卿和劉蘭芝相愛被迫的始末寫出來，最後女的「攬裙脫絲履，舉身赴清池」，男的「徘徊庭樹下，自掛東南枝」，讀來生悲，也為這雙男女喊冤抱屈！然則孔尚任筆下的殉情男女更奇特感人：年輕寡婦和小叔偷偷相戀，直到小叔奉命即將完婚，他「心急口懦無奈何」，只有「兩人私誓同沉水」而成了「水底鴛鴦」。他們的愛在傳統社會中太不尋常了，難容於所生存的空間，又無法忍受潛離暗別的痛苦，終於抉擇以投水同赴黃泉，向社會宣告他們堅持的愛情。

叔嫂相戀原非正常，但嫂既已寡，以我們今天的觀念來看，只要他們相愛，結合的可能性很大，但古代不一樣，所以關於他們的殉情，我們很難評騭，然而不管怎麼樣，這是一個難以令人忘懷的悲劇，其愛也美，其結局是悲慘的。

三、死其所愛的悲痛

見棄於所親所愛當然傷心難過，同樣的，所親所愛死亡，當事者的痛苦是難以形容的，表現在詩中就成了所謂的「悼亡詩」。然而有一個問題我們必須先說明白，所謂悼亡，可以悼妻或夫亡，亦可以悼其他人之亡，我們今天往往把它認定是悼夫或妻之亡，可能是因為晉朝的大詩家潘岳曾寫過三首哀其妻之亡的〈悼亡詩〉，後人遂有起而效之者，其實我們不必過於拘泥的說：悼亡詩即喪偶之作。

喪偶的詩顯然是愁雲籠罩，敘述者與死者生前的恩愛很容易就被取來和敘述者此刻的形單蕭條做對比，其中必然愛恨交集，感人肺腑，我們讀元稹的〈遣悲懷〉、梅堯臣的〈悼亡〉、陸游的〈沈園〉、吳偉業的〈追悼〉、龔自珍的〈己亥雜詩〉等，就可以感受到詩中那種濃烈的哀愁，以下舉出吳偉業的〈追悼〉來看看：

秋風蕭索響空幃，酒醒更殘淚滿衣。
辛苦共嘗偏早去，亂離知否得同歸？
君親有愧吾還在，生死無端事總非。
最是傷心看稚女，一窗燈火照鳴機。

我試圖用散文覆述如下：

秋風蕭瑟，吹襲著空蕩蕩的床帳，更已殘，我從醉中醒來，那聲響竟牽引我淚流滿衣襟！親親，可曾記否？我們共同嘗過千辛萬苦，而妳偏偏這麼早就離我而去！知否？亂離之後，我多麼迫切和妳雙雙歸去！妳愛我，我多麼慚愧如今我還活著，生生死死，這些事要問也問不出一個所以然來，但妳走了，卻非我所願，最傷心的莫過於當我看著我們幼小的女兒，她多麼像妳呀！究竟誰來養育她呢？親親，更已殘了，窗外投射進來的燈火正照耀著妳日夜讓它發出聲響的織布機啊！

昔日縱使「亂離」，縱使「辛苦」，總還是兩人「共嘗」啊！患難夫妻更容易見出真感情，而如今呢？生死之間，如何說個明白，這種傷心，豈是「節哀」、「人死不能復生」一類的話所能安慰的？

愛的對象之死，並不表示愛意的消失，但是愛的實際作為已經沒有，我也就視之為愛情的破滅了。

輯一

青春常別離

一日不見，如三秋兮

——《詩經・國風》的愛情表現

作為中國文學最原始母胎的《詩經》，從孔子的時代開始，就被取來作為教育子弟的科目之一，他所說的「不學詩，無以言」、「詩可以興，可以觀，可以群，可以怨」、「興於詩，立於禮，成於樂」等，都是從教育功能上立論的，以致影響後代的儒家在解詩註詩上，一面倒地把《詩經》導向政治、教化的框框，說它可以「經夫婦、成孝敬、厚人倫、美教化、移風俗」，我們當然也不否認它在這些層面發揮作用的可能性，但是，我們更願還它本真，從其中去發現個體生命「情動於中」的鮮明形象，去看我們的先民在充滿生機的大自然中活動的艱辛與情趣。

十五國風、大小二雅、周魯商三頌構成《詩經》內容的全部，「雅」是會朝、燕饗的樂歌，「頌」者美祖先之盛德，至於「風」，則多半是民間歌謠，是《詩經》的精華所在，有人間情愛的關注，有社會生活的諸多面貌，有反射時空現象的自然流露，其中有甚多的篇章關乎愛情，正是本文所要討論的課題。

詩與愛情的結合是最自然不過的事了，「在心為志，發言為詩」的傳統詩觀早已透露出這樣的訊息了，志即情，劉彥和說：「人稟七情，應物斯感，感物吟志，莫非自然。」（《文心雕龍・明詩》）鍾嶸說：「凡斯種種，感蕩心靈，非陳詩何以展其義？非長歌何以騁其情？」（《詩品》序）正是詩緣情的最佳註腳。而情有多方，男女之愛、夫婦之情正是其中之大者，即連儒家經典中亦肯定它的存在意義，孟子所謂「食色性也」，《禮記》所謂「飲食男女，人之大欲存焉」，可為明證。所以我們可以相信，愛情必然入詩，而且是無休止地被取來作為詩的題材。

《國風》既然多半是民間歌謠，有大量的愛情詩自是一種必然，舉凡閨人思君、青春男女的歡愛之樂、不得相愛的哀痛等，皆在樸實的文字和優美的律動中直接或間接地表露，值得我們去細細品賞。

愛的嚮往與追求

人類對於異性的嚮往與追求，在基本的心態上，可以說千古共通，這當然是緣於愛情的渴望，希冀能愛人，能被愛，完成一個最完滿的兩性交流。然而，人各有其性情，各有其際遇，以是而有各種不同形態的愛情，除非是一見鍾情，否則便有一番苦苦的追尋，《詩經・秦風》中有一首〈蒹葭〉充分表現出追尋者的情境。

蒹葭蒼蒼，白露為霜。所謂伊人，在水一方。溯洄從之，道阻且長；溯游從之，宛在水中央。

蒹葭淒淒，白露未晞。所謂伊人，在水之湄。溯洄從之，道阻且躋；溯游從之，宛在水中坻。

蒹葭采采，白露未已。所謂伊人，在水之涘。溯洄從之，道阻且右；溯游從之，宛在水中沚。

（蒹，荻草；葭，蘆草；溯洄，逆流；溯游，順流；晞，乾；湄，水邊；躋，往上行；坻，水中高地；涘，水邊；右，曲折迂迴；沚，水中陸地；蒼蒼、淒淒、采采，皆草木茂盛之貌。）

茂盛雜亂的蘆荻，冷寒的霜露，是客觀的自然景象，在這樣的一種環境裡，詩中的「我」苦苦的尋覓著「伊人」，而她在水的那一邊，逆流去追求她，路途遙遙，曲折難行；順流去追求她，速度雖快，卻只是彷彿望見她出現在水的中央、水中的高地，或者那小沙渚上，似近還遠，那麼不可捉摸。

在優美動人的旋律中，詩中的「我」對於「伊人」企慕的內心動狀就在追尋的行動中毫無保留的表現出來，我們不知道實際狀況究竟如何，卻那麼真切地感受到主人翁愛之熾熱以及內心的焦慮。

如果〈蒹葭〉代表男對女的追求，那麼〈召南〉中的〈摽有梅〉應可說明某一類女性渴望愛情來滋潤乾枯的心靈。

摽有梅，其實七兮；求我庶士，迨其吉兮。

摽有梅，其實三兮；求我庶士，迨其今兮。

摽有梅，頃筐塈之；求我庶士，迨其謂兮。

（摽，飄落；庶士，眾多的男子；吉，良辰吉日；塈，取也。）

梅子熟了，梅子落了，樹上從七成果實，變成只剩三成，最後完全落地，拾到籮筐裡去了，詩三章表示三個階段，時間在其中迅速流動，由此，梅子的熟、落，對於一個已經成熟的女子來說，恰是她的實況的最佳寫照，對著眾多男士發出她內心的渴盼：快快來吧，擇一個良辰吉日就可以了；趕緊來吧，就在今天；不必再等了，只要你說一句話即可。心理的變化軌跡相當明顯，我們那麼清楚的聽到她內心的呼喚，一層加深一層，梅子的熟、落正對映著她青春的消逝。

這原就是最自然最純真的人事現象，毫無掩飾，我們把它視為兩性尚未發展到彼此雙向交流之前的渴望與追尋。

青春男女的愛與恨

跳躍在青春草原上的男女，活潑、奔放是他們的標幟，里巷歌謠中四處散射他們熱情的光芒，是相當自然的事，「國風」中有大量這類的詩，表現出男女相悅，動人感人的情景。我們先看〈衛風〉中的〈木瓜〉詩：

投我以木瓜，報之以瓊琚。匪報也，永以為好也。

（瓊琚，美好的佩玉。）

詩凡三章，全是這般的相互贈答，不僅是物質上的意義，而且也有精神層面的「永以為好也」。這求「好」的心願，想必是相愛雙方的共同意願。這贈物以表示情愛，在《詩經》的年代裡，應是一種普遍的現象，如：

靜女其孌，貽我彤管。（〈邶風・靜女〉）

維士與女，伊其相謔，贈之以芍藥。（〈鄭風・溱洧〉）

「幽靜美麗的女孩啊，她何其柔婉，送我這麼一支飾著丹漆的管子。」「男孩和女孩有說有笑，他送給她芬芳的芍藥。」所贈不管何物，都濃烈地象喻著愛情。

青春男女的歡樂情愛之表現於詩，常見的情境是「約會」，也許只是單純的因為「彼美淑姬，可與晤歌」（〈陳風・東門之池〉），見個面，和她談談，互唱心聲，即能滿足企慕之願。

如果考察一下詩中所表現出來的約會形式，我們將發現，人間最珍貴的愛情，是多麼令人喜愛，〈野有死麕〉（〈召南〉）中「懷春」的女孩，如玉石一般亮麗，「吉士誘之」，女孩說：「舒而脫脫兮，無感我帨兮，無使尨也吠。」（輕輕慢慢的動作啊，千萬不要觸動我佩戴的首飾，那會發出聲響，可別讓狗叫了起來啊！）〈靜女〉（〈邶風〉）中，男女約好在城牆角見面，男的來了，卻是「愛而不見」，看他那種「搔首踟躕」的緊張狀態，流露出的是少男真純的情懷；既見之後，女孩送給男孩禮物，欣喜之情自不待言，不是東西好，而是因為那是「美人之貽」。

也許我們該引出〈桑中〉（〈鄘風〉）一詩出現在三章後半的詩句：

期我乎桑中，要我乎上宮，送我乎淇之上矣！

「她約我在桑林之中相會，邀我到林中的樓上歡聚，分手時，又送我到淇水之上。」期、要、送三個動詞完成一個完整的約會程序：桑中之約，上宮之樂，淇水之上的分別之情。沒有隻字片語指涉情況如何，但含不盡之意在言語之外，而且韻律優美，讓我們覺得，事情就是那麼自然而然。

而如果有一方失約，譬如〈東門之楊〉（〈東風〉），只說「昏以為期，明星煌煌」（約好了黃昏見面，可是現在啟明星已經大亮了），並沒有更進一步的敘述，空白的地方只好讓讀者自己的想像去填補了。譬如〈山有扶蘇〉（〈鄭風〉），女孩去赴約，沒有與對方會面，反而碰到「狂且」（即狂徒）、「狡童」（搗蛋的傢伙），真是掃興至極了，詩中沒有說出女孩這時的心理狀態，不過是可以想像的。

有時，彼此鬧彆扭，總是又愛又恨，〈鄭風〉中有兩首這樣的詩，敘述者都是女方，罵男的「狡童」、「狂童」，語氣都是愛恨交加：

彼狡童兮，不與我言兮，維子之故，使我不能餐兮！（〈狡童〉）

子惠思我，褰裳涉溱。子不我思，豈無他人？狂童之狂也且！（〈褰裳〉）

「那個搗蛋鬼，不和我說話了，為了你的緣故，使我連飯都吃不下去了！」「當你想我愛我之時，可以提起衣裳，涉過溱水來看我。你不想我了，難道就沒有別人了嗎？你這狂妄至極的傢伙啊！」當然，這樣的直譯是很難把詩中的神采說出，不過意思大略如此。從這裡我們可以看出，當時的年輕女孩也有其剛強的一面，好一個「子不我思，豈無他人」，難道不應向她鼓掌喝采？

相思千萬遍

男女相愛，不論是未婚，或是已結髮為夫妻，往往由於某種或多種因素而不得朝夕廝守，於是而生相思之情。相思千萬遍，日子在焦慮的等待中，等待著相逢的喜悅。《詩經．國風》中這類的詩不少，〈采葛〉（〈王風〉）、〈東門之墠〉（〈鄭風〉）、〈晨風〉（〈秦風〉）、〈月出〉（〈陳風〉）、〈澤陂〉（〈陳風〉）等都是極佳的例證，皆一往情深、哀怨婉轉之作。請看〈采葛〉詩：

彼采葛兮，一日不見，如三月兮！
彼采蕭兮，一日不見，如三秋兮！
彼采艾兮，一日不見，如三歲兮！

采葛、采蕭、采艾者，是敘述者所思念的那個女子，一日不見，有如三月、三秋、三歲，這用為譬喻的時間不斷加長，代表思念者與其對象之間的愛意愈來愈濃，已經到了一日都不能分離的程度。

這是男的想女的，〈月出〉詩亦如是：「月出皎兮！佼人僚兮！舒窈糾兮！勞心悄兮！」（三章之一），用現代的話來說：「皎潔明亮的月光啊！那美麗的女子啊！窈窕的姿色啊！（看不到妳），讓我深切憂愁思念啊！」因月光而思美女，因美女而思其美姿，然後便轉入內心的憂愁，全詩三章，反覆吟詠，皆由「月出」起興，自然流露思念情懷。

換個角度，從女性立場著墨，夫君久出未歸，或者出征去了，如何可忍那漫長歲月的苦苦等待，〈晨風〉一詩描寫一個女子因「未見君子」而「憂心欽欽」（欽欽，憂愁之貌）、「憂心靡樂」、「憂心如醉」，心憂至極，乃有「如何如何？忘我實多！」的設問之詞，自然也是愛恨交集。

如若在那風蕭蕭、雨淒淒的夜晚，雞鳴不已，他突然歸來了，「既見君子」，則長久以來，夢魂牽繫的惦念，都在剎那之間得到紓解，「云胡不夷」、「云胡不瘳」、「云胡不喜」？（夷：與怡通，喜悅；瘳：音抽，病癒、開心），這就是〈鄭風〉中的〈風雨〉詩，有人把「風雨如晦，雞鳴不已」解釋為君子雖處亂世，卻昂揚不屈地發出正義之聲，此處根據目前通行的說法，以「喜外歸」的情詩模式去解釋。

至於以征婦思君為題材的詩，在〈國風〉中很多，這一類的詩，因為牽涉到戰爭與愛情，以下單獨談論。

戰爭與愛情

一次戰爭，很可能使社會秩序重新作一次大的調整，調整之後，也許是好的，也許是壞的，但不管怎麼樣，它的殘酷性與毀滅性，足以造成各種大大小小的悲劇，有詩為證：

> 積屍草木腥，流血川原丹。（杜甫〈垂老別〉）
> 九月匈奴殺邊將，漢軍全沒遼水上。（張籍〈征婦怨〉）

關於戰爭與死亡的課題，不是此處所欲論述者，本文所關心的是愛情。眾所皆知，一有戰爭，便有別離，而這種別離比起他種狀況更令人痛苦，因為生離往往就是死別，如果是恩愛夫妻或者是相戀的男女，那更是摧人心肝了。

征婦思君，征夫思妻，當然是極其自然的事，《詩經》的愛情詩中有大量的這一類的詩，正反映出在那個時代裡戰事之頻繁。二者比較起來，前者的量遠超過後者，關於這點，我想我們不必強作解釋，因為男人往往比較剛強，採取女性觀點，似乎更能宣其志意，不過像〈王風・大車〉中的這個出征士兵，想念他的妻子，有這樣的詩句：

穀則異室，死則同穴。
謂予不信，有如皦日。

非常明顯的，這是告慰妻室的誓詞：我們在生時，雖然不能同處一室，死時卻得埋葬在一起，如果妳不相信，我可以對著太陽發誓。我們可以想像，如果妻子得知夫君的心意如此，除非琵琶別抱，否則她必感動涕零。

對於服役在外的丈夫，妻子日夜等待他的歸來，「振振君子，歸哉！歸哉！」（〈召南・殷其靁〉），她的呼喚，正是因為「君子于役，不知其期」（〈王風・君子于役〉），就是因為他歸期未定，真是「教我如何不想他」啊！

征婦思君，所思的豈只是他何時可以回來與她團聚，長相廝守，更有深深的惦念：

心之憂矣，之子無裳。（〈衛風・有狐〉）

君子于役，苟無飢渴。（〈王風・君子于役〉）

怕他無裳以禦寒，怕他無食無水可止飢止渴，那全是最最基本的生活所需，唯有為人妻者，用情至深，始能如此真實的關注，須知此刻夫君出征在外，那行役的艱辛，征途的難行，與乎戰場的危險懾人，在在都令固守家園、強忍寂寞煎熬的妻子，深深的懸念著。且讓我們讀讀〈衛風〉中的〈伯兮〉吧。

伯兮朅兮，邦之桀兮；伯也執殳，為王前驅。

自伯之東，首如飛蓬；豈無膏沐？誰適為容？

其雨其雨，杲杲出日；願言思伯，甘心首疾！

焉得諼草？言樹之背；願言思伯，使我心痗！

（朅，音竭，勇武之貌；桀，與傑通，豪傑；殳，兵器；膏沐，女子洗潤頭髮之物；適，音敵，專主也；杲杲，光明之貌，音搞；諼草，即萱草，古人以為可以忘憂，俗名忘憂草；痗，音妹，病也。）

詩凡四章，起筆以相當自豪的口氣，把大君執干戈為王前驅的英挺雄姿描繪出來。二章詩意急轉，宛如電影鏡頭之跳接，「首如飛蓬」的明喻，顯現出一己蓬頭散髮、憔悴不堪的形貌，關鍵只在「自伯之東」，想來是東征去了，女為悅己者容，眾生芸芸，而悅己者唯伯而已，怪不得她已無心整妝，「難道是沒有洗髮潤髮之物嗎？絕對不是，只是因為他不在身邊，教我為誰而打扮呢？」一個女子，當她已不想修飾自己的容顏，還會想去做其他的事嗎？

此無他，是因「思伯」之深之切。三章 開始又是一譬喻，「下雨吧！下雨吧！可是，為什麼要出大太陽呢？」，喻旨相當明顯，無非是指等待與希望的落空，痛苦難過，真是頭疼！最後仍然留在「思伯」的主題上，「如何可以取得忘憂的萱草，把它種在屋子的背後啊！」欲忘而難忘，深深的思念，終於使她患了嚴重的心病了。

戰爭在這一些詩裡都沒有描述，當然不是題旨所在，但提供了「征婦思君」的背景條件，詩皆著重在女性的憂思上面，讀來雖亦可感到那種哀愁，卻沒有唐人「可憐無定河邊骨，猶是深閨夢裡人」（陳陶〈隴西行〉）那種悲慘情境。

棄婦的悲歌

從《詩經》的年代開始，棄婦的悲歌就那麼哀淒地響起，然後，無代無之，無時無之，在整個中國的歷史上合奏出一闋悲慨幽怨的交響曲。縱然其中有許多是男子手筆，卻也能指證事實的存有。

絕情者未必可恨，或許有不得已的苦衷；被棄者卻堪憐，因為遭此不幸的往往是柔弱的女子。在《詩經》中有好幾首是從女子被棄的觀點來敘述的，包括〈邶風〉中的〈谷風〉、〈衛風〉中的〈氓〉、〈王風〉中的〈中谷有蓷〉、〈鄭風〉中的〈遵大路〉等，後面兩首只是說有這樣的一種情況，女子的情緒表現是如何，譬如〈中谷有蓷〉言其遇人不淑，終遭仳離，所以慨嘆、啜泣；〈遵大路〉寫那分手的當兒，女的跟男的走到了大馬路，拉著他的衣袖，苦苦哀求，「無我惡兮，不寁故也」（寁，音斬，斷然絕棄；故，舊也，指昔日愛情。）

至於〈谷風〉與〈氓〉皆為六章，可以算是長篇，女子被棄前後的發展皆有所述，當女子辭離夫家，回首前塵，百感交集，卻是怨而不怒。詩的本身，結構都相當完整渾圓，詩意進行自然順暢，更可感的是那種真醇的情意，令人一掬同情之淚。

結髮為夫妻，理當恩愛兩不移，所謂「德音莫違，及爾同死」（〈谷風〉），然而人間世總有那麼多黑暗無形的力量，殘酷的摧斬情愛，這些力量也許是內生的，也許是外來的，總是心中之魔有以致之，想來是消除不盡，面對這一齣永遠都無法閉幕的悲劇，誰心甘情願被推上舞臺去扮演被遺棄的角色呢？

若生當相見，亡者會黃泉

——兩漢樂府詩中的愛情

樂府詩的出現，為中國詩歌文學注入了新的血液，再度展現了詩與樂兩種藝術形態最原始的混成模式，給後代文學創作者帶來不竭的泉源。

所謂樂府，原本是官署之名，《漢書》的〈禮樂志〉與〈藝文志〉皆記載漢武帝時立樂府以采歌謠的事，樂府官員職在採集各地歌謠，然後，被以管弦（今之作曲）以入樂，用來在不同的場所演奏歌唱。除此之外，御用文人所作詩篇，也有被取來配樂的。後來的人就把樂府官署所蒐集保存的詩歌也稱為樂府。

就整個中國詩歌文學的發展史來說，樂府向上繼承《詩經》的風雅傳統，「感於哀樂，緣事而發，亦可以觀風俗，知薄厚」（《漢書・藝文志》）；向下影響古近體，甚至於詞、曲皆與樂府有其血緣的關係。

把樂府視為一個獨立的文類，其本身的起源和流變，亦有其長遠的歷史，根據文學史家的說法：

> 統觀全部樂府文學，蓋可分為兩大支：一、兩漢創作樂府，及後世仿兩漢樂府；二、南北朝創作樂府，及後世仿南北朝樂府。其區別：兩漢樂府多雜言（近似五言古詩），內容多偏於社會問題。南北朝樂府多五言四句（近似五言絕句），內容多偏於兒女情戀。（羅根澤《樂府文學史》）
>
> 綜而論之，由兩漢之里巷歌謠，一變而為魏晉文人之詠懷詩，再變而為南朝兒女之相思曲，三變而為有唐作者不入樂之諷刺樂府。（蕭滌非《漢魏六朝樂府文學史》）

樂府官署設立的初期，原是為了「采歌謠」，所採的當然是流傳於民間的閭巷歌謠，而這些歌謠，和《詩經．國風》一樣，存有許多愛情詩篇。就是相當貴族的漢初三大樂章（〈房中歌〉、〈郊祀歌〉、〈鼓吹鐃歌〉）以及東漢文人的創作樂府中，亦有以愛情為題材的，以下取樣敘論兩漢樂府中所表現的愛情。

蓮的聯想

樂府相和曲中有〈江南〉古辭一首：

江南可採蓮，蓮葉何田田！魚戲蓮葉間：
魚戲蓮葉東，魚戲蓮葉西，魚戲蓮葉南，魚戲蓮葉北。

郭茂倩《樂府詩集》卷二十六引《樂府解題》說：「江南古辭，蓋美芳晨麗景，嬉遊得時。」嬉遊者，男與女也。怎麼說呢？聞一多先生曾從「隱語」（即隱喻）的角度以說「魚」（文載《神話與詩》），舉出大量的中國古代詩（尤其是民歌）中的「魚」，以近似於人類文化學的考察方式，確定「魚」在詩之脈絡中具有性與愛情的喻旨，他提及〈江南〉古辭時說：「這裡是魚喻男，蓮喻女，說魚與蓮戲，實等於說男與女戲。」王孝廉研究神話與詩的關係，亦提出「檢討所有中國詩中關於魚的隱喻，不外是隱喻愛情和性」（《神話與詩》，載王著《中國的神話與傳說》）。

根據這種說法，則這首辭意淺近、風格素樸、活潑生動的樂府，竟是一首描寫男歡女愛的詩篇，充分表現出生活於江南綺麗風光中的青春男女那種純真自然的愛之行動。

全詩七句，詩意的發展宛如天籟，全不假雕飾，首三句由江南廣大的空間背景，濃縮至一方蓮池上鮮碧浮水的朵朵圓狀蓮葉，最後落在自由自在嬉遊於蓮葉間的游魚身上，後面四句分言魚戲的四方位，可作為前句的補述，把魚戲的自由縱情、悠然愉悅的動狀，披露無遺。

魚游水中，魚戲蓮葉間，暗指男女愉悅的愛之行動，從「魚」的隱喻之旨可知泰半，至於貫串全詩的「蓮」，它與「憐」有諧音的關係，「憐」是「愛」，因此，「蓮」便指愛的對象，「蓮葉何田田」何異出落得美麗大方成熟的江南少女呢？「魚戲蓮葉間」何異男子自由嬉戲於群芳之間呢？

〈江南〉古辭就是這麼一首民間歌謠，經由魚的隱喻、蓮的聯想，一個充滿青春活潑的畫面，就呈現在我們眼前了。

愛的諾言

男女相慕相愛原是極其自然的事，但儒家從倫理道德的立場要求「發乎情，止乎禮」，以禮來節情欲之奔放，原是為著社會秩序的和諧，然而，發展到以禮法來裁訂女子生活的標準，所謂「三從之道、四德之儀」，宛如鐵鎖牢套住女性，妨礙她們自由意志的伸展，則有失儒家止於至善的原始命意。

漢朝定儒家思想於一尊，禮教甚嚴，總要求在情欲上強加控制，尤其對於女性，有種種不合理的束縛（班昭的《女誡》一書可以明證），因此，兩漢樂府中以夫婦情愛為題材的作品，常表現出女性對於夫婿的堅貞，〈鐃歌〉中的「上邪」是女性口吻，呼天以為誓，正是愛的諾言：

上邪！我欲與君相知，長命無絕衰。山無陵，江水為竭，冬雷震震夏雨雪，天地合，乃敢與君絕。

撇開社會背景，純就兩性關係而言，這種天長地久的愛的誓言真可驚天地泣鬼神。詩一開始便指天為誓，表白「我想要與夫君相知相愛的心願，終身都不會斷絕」，接著說出除非是發生四種狀況，「乃敢與君絕」，這四種狀況：山無陵、江水為竭、冬雷震震夏雨雪、天地合，都是不可能發生的，換句話說，除非地老天荒，否則，此愛永不渝，地老天荒既是永不可能的事，此愛當然也就永不中絕了。

對愛的堅貞，彷彿是女性的專利，相和曲〈陌上桑〉中的女主角羅敷，長得如一顆亮麗的明星，令人愛憐，然而，當她面對使君的誘惑，非但不為所動，聽她一席話，有「使君一何愚！使君自有婦，羅敷自有夫」之語，可以感覺出她的貞潔；瑟調曲〈豔歌何嘗行〉為夫婦相別離之詩，妻子信誓旦旦，她說：

妾當守空房，閉門下重關。

若生當相見，亡者會黃泉。

正如楚調曲〈白頭吟〉中的女子有「願得一心人，白頭不相離」的願望一樣，當現實環境使他們不得不離別，只有誓言「生當相見，死亦要相會」，這不只是一種安慰之詞，而是出自內心的信念，是諾言。

結髮為夫妻，要永遠維繫不貳的愛情，是必須經歷不少試煉，從女性的立場來說，夫君外出，漫漫長夜寂寞的煎熬固然是一種試煉，外在的誘惑亦何嘗不是？更有甚者，那貧賤夫妻，面對著生活的痛苦與折磨，能夠安於貧賤就罷，若小人則窮斯濫矣，瑟調曲中有一首〈東門行〉，寫一對貧賤夫妻，男鋌而欲走險，「拔劍東門去」，為人妻者卻說：

他家但願富貴，賤妾與君餔糜。
上用倉浪天故，下當用此黃口兒。

何等堅強明理的女性，不但明白表示她能夠安於貧賤，而且拿天道、人理來苦勸丈夫，怕他遭天譴，怕他的所作所為會連累無辜的小孩。讀來不勝悲痛，彷彿亦聽到那女子內心的哭泣。

愛與死

「若生當相見，亡者會黃泉」，已明白顯示愛情與死亡的關聯，愛到深處，此身便是屬他，若不能長相廝守，與其保此殘生，飲恨吞聲，倒不如早赴黃泉，與他相會。於此，我願舉出瑟調曲〈公無渡河〉與留傳千古、哀惻感人的敘事詩〈孔雀東南飛〉來談這個問題。

《樂府詩集》卷二十六引崔豹《古今注》說：

箜篌引者，朝鮮津卒霍里子高妻麗玉所作也。子高晨起刺船，有一白首狂夫，被髮提壺，亂流而渡，其妻隨而止之，不及，遂墜河而死，於是援箜篌而歌曰：「公無渡河，公竟渡河，墜河而死，當奈公何？」聲甚淒愴，曲終，亦投河而死。子高還，以語麗玉，麗玉傷之，乃引箜篌而寫其聲，聞者莫不墜淚飲泣。麗玉以其曲傳鄰女麗容，名曰〈箜篌引〉。

「公無渡河」為白首狂夫之妻所歌，「聲甚淒愴」，麗玉寫其聲，「聞者莫不墜淚飲泣」，足可見其感人之深，夫死，妻亦殉情，愛之深自不難體會。

這首簡單的四句小詩，蘊含了大量的無奈，是一齣動態的生死悲劇。當白首狂夫欲渡亂流，他的妻子急急追來，想制止他渡河，那第一聲的高喊「公無渡河」，透露出她內心巨大的恐懼，第二聲「公竟渡河」則充滿頹喪，她的恐懼已升高至極，到第三聲「墜河而死」，表面上只是渡河的必然結果，聲情卻充滿絕望，恐懼之感這時應已退滅，代之而起的是極度的悲痛。最後的嘆惋「當奈公何」，傳達了人世間最大的無奈，隱然透露出公不得不走向這悲運的必然性，果如是，則前面的追趕、呼喊，似乎都只是愛的具體表現，最後乃毅然投河，亂流之中成了他們夫妻最後的歸宿。

白首狂夫何以渡河而死，我們不得而知，而其妻的殉情，卻無庸疑慮。而在〈孔雀東南飛〉裡，投水而死的劉氏與焦仲卿之所以自縊於庭樹，前因後果卻是相當清楚，簡單地說，是因為外在客觀因素逼使男女雙方不得相愛，又無力起而反抗，最後終於抉擇死亡一途。

此詩太長，故不錄，至於其評價，前人每謂為「聖品」、「神化之筆」，不必我再錦上添花了。

自君之出矣

——一種定型的閨怨情詩

被曹丕譽為「懷文抱質，恬淡寡欲，有箕山之志，可謂彬彬君子者矣」（〈與吳質書〉）的徐幹（一七〇——二一七），曾以女性為敘述觀點寫了〈室思詩〉組詩六首，對於女子思念遠方愛人的內心情境有非常細緻的描寫，其中第三首是這樣：

浮雲何洋洋，願因通我詞。飄颻不可寄，徙倚徒相思。人離皆復會，君獨無返期。自君之出矣，明鏡暗不治。思君如流水，何有窮已時！

（洋洋，流動充滿之貌；因，依、靠也；飄颻，動蕩不安；徙倚，徘徊也。）

詩用直接敘述，只最後用了一個簡單的譬喻，喻旨即不盡的相思之意。從此，中國的詩中多了一種定型的「自君之出矣」詩體，乃截取徐幹此詩後四句變化而成的，其基型如下：

自君之出矣
〇〇〇〇〇
思君如〇〇
〇〇〇〇〇

在郭茂倩《樂府詩集》雜曲歌辭（卷六九）中，錄有〈自君之出矣〉二十一首，包括：

宋：孝武帝、劉義恭、顏師伯、鮑令暉
齊：王融（二首）、虞羲
梁：范雲
陳：後主（六首）、賈馮吉
隋：陳叔達
唐：李康成、辛弘智、盧仝、雍裕之、張祜

當然不只這一些，譬如著名的唐詩人張九齡即有一首至為可愛的「賦得自君之出矣」。而在二十一首中亦非全是四行的定型體，像鮑令暉所作是十行，虞羲所作是八行，盧仝所作是十六行，張祜作所作雖是四行，卻沒有「思君如」這個譬喻。由於本文想要討論的是定型體，其他的只好割愛。

「自君之出矣」作為詩題並起首一句，已經把這些詩所要表現的主要意圖勾勒泰半：首先，「君」的出現顯示敘述者是位女性，「出」字表示她的「君」離她而去，整句看來，心愛的人離去很可能已經很久了。在這樣一個背景之下，接下去的詩意，當然是緊緊扣住自從君離開以後，她對他的深深思念。

就古代女性來說，思念夫君或者情人，有時是心思放在對方，設想他在外的狀況；有時則一味的自怨自嘆命薄的苦楚。「自君之出矣」的作者皆為男性，代婦人而言其思念之苦，當然會著眼在她的苦狀上，於是在說完「自從君離開以後」，接著就用一個「現象」以表示她的寂寞、痛苦、為了說明方便起見，以下把詩列出：

①自君之出矣，明鏡暗不治。思君如流水，何有窮已時。（徐　幹）

②自君之出矣，金翠闇無精。思君如日月，回還晝夜生。（孝武帝）

③自君之出矣，罰錦廢不開。思君如清風，曉夜常徘徊。（劉義恭）
④自君之出矣，芳帷低不舉。思君如回雪，流亂無端緒。（顏師伯）
⑤自君之出矣，芳蕸絕瑤巵。思君如形影，寢興未曾離。（王　融）
⑥自君之出矣，金鑪香不然。思君如明燭，中宵空自煎。（王　融）
⑦自君之出矣，羅帳咽秋風。思君如蔓草，連延不可窮。（范　雲）
⑧自君之出矣，霜暉當夜明。思君如風影，來去不曾停。（陳後主）
⑨自君之出矣，房空帷帳輕。思君如晝燭，懷心不見明。（陳後主）
⑩自君之出矣，不分道無情。思君如寒草，零落故心生。（陳後主）
⑪自君之出矣，塵網暗羅帷。思君如落日，無有暫還時。（陳後主）
⑫自君之出矣，綠草遍階生。思君如夜燭，垂淚著雞鳴。（陳後主）
⑬自君之出矣，愁顏難復睹。思君如蘗條，夜夜只交苦。（陳後主）
⑭自君之出矣，紅顏轉憔悴。思君如明燭，煎心且銜淚。（賈馮吉）
⑮自君之出矣，明鏡罷紅妝。思君如夜燭，煎淚幾千行。（陳叔達）
⑯自君之出矣，梁塵靜不飛。思君如滿月，夜夜減容暉。（李康成）
⑰自君之出矣，弦吹絕無聲。思君如百草，撩亂逐春生。（辛弘智）
⑱自君之出矣，寶鏡為誰明。思君如隴水，長聞嗚咽聲。（雍裕之）

⑲自君之出矣，不復理殘機。思君如滿月，夜夜減清輝。（張九齡）

如果，從文學作品應求其原創性的角色來看，徐幹以降的這些作品，確實是無足觀，難怪有人要批評它們「屋上架屋，只是一種遊戲文學，無復新意」。不過，作為了解古代女性的閨怨之作，實亦有可觀者焉，譬如，王融的第二首，當代的文學批評家顏元叔就認為是「一首耐讀耐析的詩」（見〈析「自君之出矣」〉，載〈談民族文學〉）；我曾賞析過張九齡的「自君之出矣」（見《水晶簾捲——絕句精華賞析》），提出這種看法：「以一種固定形式作詩，很可能畫虎不成反類犬，但在大詩家手中仍能運作自如，自成一個具獨立生命的個體，張九齡此詩即可作如是觀。」

上面說過，緊接著「自君之出矣」的一句，是以一個現象來表示敘述者的寂寞與痛苦，從徐幹開始，這個現象，或景或物，都是異於常態（常態指夫君在時，異態指夫君離去之後），否定意味極其強烈，從「不」、「無」、「絕」、「空」、「暗」、「難」、「罷」等字傳達出來，其中含著明顯的對比，舉例來說，妝鏡與金翠的「明」與「暗」、金鑪的「熱」與「冷」，這一正一反，把閨房之中前後情境的差異完全披露出來，讓我們感覺到景象的蕭條淒涼、生活的索然無味、生命的乾枯與愛情的挫敗。

後面兩句是個明喻，喻旨是思君的痛苦煎熬，喻依意象有日、有月；有風、有雪；有水、有草；有燭、有月。這些外景與內情完全交融，宣洩出詩中角色巨大的悲哀；流水恆不休止恰如無盡的思念；日沒月出，月落日出，循環不已，思念亦是不盡；夜中不能寐，只為思君，君如曉夜清風，徘徊不去；思緒紊亂，如雪花流亂；思念如影之隨形，或寢或起，總不離去；夜裡獨對明燭，思君之心如蠟燭一般熾烈地燃燒著，空自煎炙；思君如野草蔓延，無窮無盡；思君如風移影動，來來去去不曾停止……。

不論這些詩人採取何種景物，以暗示或烘托氣氛和情感，主題命意皆落在閨怨之情上，整體而觀，這些詩確能呈現古代某一類女性，在獨守空閨時的諸多情狀，其共同的特色是怨而不怒。我們無法確定，男人何事而「出」？何時可回？是否亦念念不忘獨守家園的愛人？如果他知道妻子因他而「紅顏轉憔悴」，因他而垂淚到天明，因他而深閨裡「金鑪香不然」，因他而庭院裡「綠草遍階生」，他能無視於此種事實嗎？

「自君之出矣」所呈現的中國古代女子形象，令人憐愛，在漫長歲月裡強忍著寂寞的煎熬，焦慮的等待，然而，無情的時間吞噬了她們的青春，淚水洗不去悲愁的顏色，生活變得毫無秩序，每當想起，只能自認命薄，而縱使委之於命，而殘生呢？在張九齡的詩中，「他」走後，那匹未織完的布就任其「殘」在織布機上，「殘」字即暗含著「殘情」、「殘生」，而那逐漸減清輝的滿月，不就是「殘月」嗎？月殘而復圓，圓而又殘，希望是一次又一次的破滅，時光卻不回頭了，一朵「殘花」終將枯萎。

中國古典的閨怨詩非常多，從《詩經》的年代開始，哀怨之聲便已響起，恆不歇止地響過華夏民族的天空，如泣如訴，一聲一聲撞擊我們的心靈，「自君之出矣」這一系列的詩可以作為代表，我們所感動的是，詩中女子沒有怒、沒有恨，除了希望今天的女子能夠勇敢地站立起來，我們還能說些什麼呢？

註：

《全唐詩》所錄，「弦吹絕無聲」為李康成詩，「梁塵靜不飛」為辛弘智詩，有說明，應可靠。而「寶鏡為誰明」同時著錄於雍裕之、辛弘智名下。本文就《樂府詩集》而論，不另考證。

比翼兩「鴛鴦」
——古典愛情詩中的一個象徵

鴛鴦——美麗的飛禽

在動物學的分類上，鴛鴦屬於鳥類游禽類，雄者稱鴛，雌者名鴦，雄雌一對，羽色皆美麗，止則相偶，飛則成雙。《古今注》中曾說，牠們「未曾相離，人得其一，則一思而至死」，姑不論其說是否確實，但鴛鴦終日並游顯然是可靠的說法。由於鴛鴦有這種屬性，所以，人間男女「願作鴛鴦不羨仙」（盧照鄰〈長安古意〉），於是，把鴛鴦繡上衾被、繡上枕頭，以喻兩情相悅和睦；於是，瓦有鴛鴦瓦，墳有鴛鴦塚，燈有鴛鴦盞，皆取其成雙之意。

中國古典詩歌，從《詩經》開始，便出現了鴛鴦，〈小雅〉中的「鴛鴦于飛」、「鴛鴦在梁」（〈鴛鴦〉）皆用作起興，最值得注意的是牠們在水隄之上，是「戢其左翼」（收斂左翼，相依相偎），這種情景出現在熱戀中的男女或是愛情受挫者的眼前，很可能激起情感波動。在文學創作上，由於「目既往返，心亦吐納」（《文心雕龍・物色》），所以，那相依偎的甜蜜狀特別容易被寫進作品之中。

一般說來，鴛鴦被寫進詩中不外虛實二種。是實，則實際有活的鴛鴦出現；是虛，則鴛鴦只作形容或譬喻，或者是無生命（如枕上、被上所繡者）。一實一虛都可能關涉愛情，無愛情之意的如：

南塘旅舍秋淺清，夜深綠蘋風不生。
蓮花受露重如睡，斜月起動鴛鴦聲。

——唐・鮑溶〈南塘〉

柳著輕黃欲染衣，汀沙漠漠草菲菲。
晚風吹斷寒煙碧，無數鴛鴦谿上飛。

——宋・徐璣〈春雨〉

這兩首詩都寫景，就詩的本身來說，鴛鴦只是自然景物，其中並無愛情的暗示，不過也並非自然景物中的鴛鴦都如此，譬如，明人常倫的〈採蓮曲〉：「棹發千花動，風傳一水香。傍人持並蔕，含笑打鴛鴦。」以「並蔕」打「鴛鴦」，而且「含笑」，其中多少有暗示作用。又如金鑾的〈采菱曲〉：「採菱秋水旁，驚起雙鴛鴦。獨自唱歌去，風吹荇帶長。」雙、獨的對比，也很難說這採菱者（很可能是個女性）不是見景而生孤獨之情，而後無心再採菱。

這樣的詩要去探索其是否有言外之意，確實是有點困難，譬如說，在許多詩中，鴛鴦常隨蓮花出現，像上引鮑溶〈南塘〉詩，以及：

落日下蓮塘，輕舟赴晚涼。
偶然花片落，飛出兩鴛鴦。

——明・劉基〈蓮塘曲〉

兩兩蓮池上，看如在錦機。
應知越女妒，不敢近船飛。

——明・高啟〈鴛鴦〉

如果我們硬是要說，「蓮」與「憐」諧音，憐即愛之意，而鴛鴦又是比翼雙飛，那麼以愛情的觀點來看這些詩亦未嘗不可，不過終究是勉強，除非詩意非常明確，如宋初詩人楊億的這首〈無題〉詩：

曲池波暖蕙風輕，頭白鴛鴦點綠萍。
纔斷歌雲成夢雨，斗迴笑電作嗔雷。

楊億是宋初詩壇的大將，是「西崑體」詩人的領袖人物，受李商隱影響很大，此無題詩即頗有義山之風，前兩句寫景，意思是說：在那水池一曲，水波春暖，如蕙草一般清香的風輕輕的吹著，一雙頭白的鴛鴦，浮游於綠萍之間。景象柔美，令人感到溫暖，然而，由景入情，詩意卻急轉，後面兩句，以「歌」寫「雲」、以「夢」寫「雨」、以「笑」寫「電」、以「嗔」寫「雷」，四個自然意象組合一個動態的人際男女現象，我們原也是如那點綠萍的鴛鴦可以白頭偕老，沒想到耳際還飄揚著你的歌聲，一下子竟然變成夢裡的殘跡了，你剛剛才如一臉如電的笑容，陡然間竟變成如雷的嗔怒了。毫無疑問，成雙並游的鴛鴦，於此正反諷這對男女在愛情上的善變。

以上的鴛鴦皆活的動的飛禽，是實寫，而虛寫的也不少，所謂「虛寫」，這裡是指以鴛鴦為喻，或是具有象徵作用的鴛鴦被、幔等，前者如前所引的盧照鄰〈長安古意〉（七言長古）中的：「得成比目何辭死，願作鴛鴦不羨仙；比目鴛鴦真可羨，雙去雙來君不見。」後者如〈古詩十九首〉第十八首：

客從遠方來，遺我一端綺。
相去萬餘里，故人心尚爾。
文彩雙鴛鴦，裁為合歡被。
著以長相思，緣以結不解。
以膠投漆中，誰能別離此。

空間遠隔，故人舊情依舊，以一匹繡有雙鴛鴦文彩的綺羅託人遠贈，把它裁為合歡被，此自是國風「永以為好」（〈衛風．木瓜〉）之意。遼道宗之后蕭觀音，有十首〈回心院〉，皆古風短歌，其中有一首是這樣：「鋪翠被，羞殺鴛鴦對。猶憶當時叫合歡，而今獨覆相思塊。鋪翠被，待君睡。」表現一個被疏遠的后妃渴望君王回心轉意的意願，中間採取強烈的對比，透露出巨大的悲哀，全由鋪翠被時目見被上那對鴛鴦而來，在這裡，鴛鴦正是反襯作用，以呈顯斯時之悲。他如陳子昂〈鴛鴦篇〉中的「聞有鴛鴦綺，復有鴛鴦衾，持為美人贈，勗此故交心。」（五言古）亦此意也。

人間世人羨慕鴛鴦是因牠們雙宿雙飛，明人陸師道有一〈鴛鴦曲〉，全詩句句有「雙」字，雖是戲作，亦頗可觀，故錄於此：

雙鴛並雙翼，雙宿復雙飛。清漣動雙浴，明月照雙歸。
雙浦沉雙影，雙花拂雙頸。眠沙雙夢同，渡渚雙心警。
雙去雙來處，雙遊雙戲時。雙起隨雙鷺，雙立視雙魚。
雙舟舉雙槳，雙蓮礙雙榜。應有無雙人，願逐雙鴛往。

一首詩總共用了二十六個「雙」字，真可謂古今「無雙」，表面詠物，其實是在歌頌愛情，結筆處所說「應有無雙人，願逐雙鴛往」正點出此曲主題。

經由上面的引例說明，我們可以確信，在許多古典詩中，鴛鴦是永恆愛情的象徵。但是，人間世的男女之愛往往有太多的缺憾，尤其是殉情事件更是大悲劇，這種悲劇形態很多，以下所要敘述的則僅限於與詩與鴛鴦有關者，一個是韓憑夫婦的故事，一個是〈孔雀東南飛〉的故事，二者愛的雙方都殉情，死後化為鴛鴦，哀怨淒惻，扣人心弦，最後則附帶一提清代孔尚任在〈池汚水〉一詩中的「水底鴛鴦不會飛」。

人們何處覓韓憑？

晉干寶所撰的《搜神記》中，有一則關於韓憑夫婦的故事，故事的內容大略是這樣的：韓憑是戰國末年宋康王左右親近之官，他的妻子何氏，長得非常漂亮，為康王所奪，韓憑怨怒，於是被康王拘捕，命他參與修築青陵臺的工作。何氏偷偷寫了一封信給他，表示她內心的苦楚，而且死志堅決，韓憑解其意而自殺。何氏趁著與康王登青陵臺之際，自墜臺下而死，遺書上說她希望能與韓憑合葬，康王非常生氣，命使二塚相望，然後：

宿昔之間，便有大梓木生於二塚之端，旬日而大盈抱。屈體相就，根交於下，枝錯於上。又有鴛鴦雌雄各一，恆棲樹上，晨夕不去，交頸悲鳴，音聲感人。……南人謂此禽即韓憑夫婦之精魂。

韓憑夫婦死後魂魄化為鴛鴦，顯然是來自古來的神話傳說，企圖彌補人世的缺憾。

在徐陵所編的《玉臺新詠》卷十中錄有四首古絕句，其第四首是這樣的：

南山一桂樹，上有雙鴛鴦。
千年長交頸，歡愛不相忘。

雖然我們很難推測此詩的年代，但可以確信的是與《搜神記》中韓憑夫婦死後的傳說有關。《搜神記》中此則故事的最後說：「今睢陽有韓憑城，其歌謠至今猶存。」世人咸信此所謂歌謠即〈烏鵲歌〉，傳為何氏所作以表明其心志的，歌如是：

南山有烏，北山張羅；烏自高飛，羅當奈何！
烏鵲雙飛，不樂鳳凰；妾是庶人，不樂宋王。

南山與北山、烏與羅、烏鵲與鳳凰皆為相對之詞，前者以言自己，後者則指宋康王，最後，歸結出其主旨：「妾是庶人，不樂宋王」的愛之堅貞，這是真正的烈女，其生命形態，卓絕獨立，以其全部的生命回應外來的壓力，令人悲憫，亦足令我們讚賞，讀過孟郊〈烈女操〉的人，應更能體會何氏此種殉情之意義，孟詩如下：

梧桐相待老，鴛鴦會雙死。
貞女貴殉夫，捨生亦如此。
波瀾誓不起，妾心古井水。

就讓此詩作為韓憑之妻堅貞愛情的一種註腳吧。

韓憑夫婦的故事就這麼流傳著，扣人心弦，賺人眼淚，詩人把他們寫入詩中，吟唱著千古不滅的愛之神：

青陵臺畔日光斜，萬古貞魂倚暮霞。
莫訝韓憑為蛺蝶，等閒飛上別枝花。

——李商隱〈青陵臺〉

帳中人去影澄澄，重對年時芳苡鐙。
惆悵月斜香騎散，人間何處覓韓憑？

——納蘭性德〈有感〉

在韓憑夫婦的故事裡，青陵臺是韓憑受難之所，他曾在這裡受罰勞役，也是何氏殉情之處，多情的義山取為詩之題材，重新織染韓氏夫妻的情愛經驗，自有一種愛的認知：言何氏「雖暫上別枝，而貞魂終古不變」（馮浩箋注語）。唯義山換鴛鴦為蛺蝶，令人費解（馮浩引《山堂肆考》曰：「俗傳大蝶必成雙，乃韓憑夫婦之魂。」）。

至於納蘭〈有感〉一詩，哀感淒惋，雖非直詠韓憑，而「人間何處覓韓憑」句，則借韓憑知婦有必死之心而自絕以諷今，觀其詩意，或許是自諷吧，蓋納蘭情深，其婦先死，其〈飲水詞〉中有多首悼亡，若〈南鄉子為亡婦題照〉、〈沁園春丁巳前三日夢亡婦〉、〈金鏤曲亡婦忌日有感〉、〈青衫濕悼亡〉，皆柔腸寸斷，令人不忍卒讀。果真是自諷，則其於韓憑之死，當然是感慨萬千了。

人間何處覓韓憑？納蘭之問，足發人省思。

孔雀東南飛

另一對殉情的男女、死後魂魄化為鴛鴦的是東漢末年的焦仲卿與其妻劉氏，這是有名的〈孔雀東南飛〉故事。〈孔雀東南飛〉是中國古代著名的長篇敘述詩，最早收錄於徐陵所編的《玉臺新詠》中，題為〈古詩為焦仲卿妻作〉，不知為何人所作，其後宋人郭茂倩編《樂府詩集》則題〈焦仲卿妻〉，近人則取詩之首句通稱為〈孔雀東南飛〉，詩前有序：

漢末建安中，廬江府小吏焦仲卿妻劉氏，為仲卿母所遣，自誓不嫁，其家逼之，乃投水而死，仲卿聞之，亦自縊于庭樹，時人傷之，為詩云爾。

此為詩之本事，應為《玉臺新詠》的編者所寫，包括故事發生的時間、地點、人物及作詩動機都有所交代。至於詩的本身，沈德潛《古詩源》的原評中說：「共一千七百八十五字，古今第一首長詩也。淋淋漓漓，反反覆覆，雜述十數人口中語，而各肖其聲音面目，豈非化工之筆？」可謂推崇備至，近人如梁啟超、胡適之等復詳加考證，更有以新的觀念方法去分析的，如葉慶炳〈孔雀東南飛的悲劇成因與詩歌原型探討〉、侯立朝〈用經濟社會學欣賞孔雀東南飛〉等，皆可參考。本文重點不在分析原詩，所關注者乃在二人殉情之後，詩之末云：

兩家求合葬，合葬華山傍。
東西植松柏，左右種梧桐，
枝枝相覆蓋，葉葉相交通，
中有雙飛鳥，自名為鴛鴦，
仰頭相向鳴，夜夜達五更。
行人駐足聽，寡婦起徬徨。
…………

比起韓憑夫婦，焦氏夫妻死後能夠合葬，還算幸運。前者墳壟之樹是自生，而後者是人種，不過其為連理枝則同，又其上皆有鴛鴦成雙，前者是「交頸悲鳴，音聲感人」，此則將其「感人」的狀況具體化。

這裡的鴛鴦當然是焦氏夫妻魂魄所化。無疑的，這是古代神話的一種流動變化，生不能長相廝守，把渴望愛情的悲願化為比翼的鴛鴦，「仰頭相向鳴」，音聲豈只是為了感人，實則亦包含著對於毀滅愛情的控訴，多少亦有提醒人間世人的作用。

在《詩經》的年代裡就有「穀則異室，死則同穴」（〈王風・大車〉）的說法，白居易在〈長恨歌〉的最後說：「在天願作比翼鳥，在地願為連理枝」，在在都表示人們在追求愛情的圓滿上，普遍有著共同的信念。不過，對於雙雙殉情之事，我們委實難以評騭，只能說那是悲劇，其愛也美，其結局是悲慘的，或者像孔尚任一樣，當他耳聞目睹小叔與寡嫂相戀，不敢抗拒社會禮教，只有「兩人私誓同沉水」，在〈池污水〉一詩的最後，他說：

水底鴛鴦不會飛，那得生根變連理！

鴛鴦就這麼被取來譬喻如膠似漆的恩愛男女，在古典愛情詩中，當然就是一個普遍的象徵了。

素手抽針冷，那堪把剪刀

——古典詩中的寄衣情境

「結髮為夫妻，恩愛兩不疑」是人間世一種最理想的愛情，但有許多人彷彿是被命定要忍吞愛的苦汁，因為有太多主客觀的因素逼使愛的雙方分離兩地，備嘗相思之苦，甚至於關係破裂，愛也殘缺，人也苦楚。

中國古代的女性，原本就是可憐卑微的社會角色，從結婚嫁為人婦開始，「三日下廚去，洗手做羹湯；未諳姑食性，先遣小姑嘗。」（王建〈新嫁娘〉），她們戒慎恐懼，唯恐遭人口舌，不得人歡喜，如若夫妻恩愛，相夫教子，倒也幸福，否則更是淒惻了。

在幾種情況下丈夫會離她而去他鄉異縣，任官、遊學、行商、出征，或無可抗拒的天災人禍等，我們看下面的詩句：

閨中少婦不知愁，

春日凝妝上翠樓；
忽見陌頭楊柳色，
悔教夫婿覓封侯。

——王昌齡〈閨怨〉

嫁得瞿塘賈，
朝朝誤妾期；
早知潮有信，
嫁與弄潮兒。

——李益〈江南曲〉

兩詩同樣是久盼夫婿不歸的悔恨，前者是出征去了，後者是行商去了，一個後悔讓丈夫去求取功名，一個壓根兒就後悔嫁給做生意的。

丈夫久滯在外，做妻子的獨守寂寞家園，日裡操持家務，夜間就必得忍受那漫漫長夜的寂寞煎熬，定型的閨怨情詩「自君之出矣」可以說寫盡閨怨的各種狀況，王融詩：「自君之出矣，金鑪香不然；思君如明燭，中宵空自煎。」可為明證。

雖然如此，但她們往往會對離家的丈夫寄予關心，擔心對方的生活起居，唯恐他受風受寒，因此在中國古典詩中便出現了一種「寄衣情境」。

古典詩中的寄衣，大體可以分成兩類：一類是一般性的，另一類是寄征衣。前者我舉出唐代詩人孟浩然的〈閨情〉、清代女詩人席佩蘭的〈寄衣曲〉；後者則以李白〈子夜吳歌〉、王建〈送衣曲〉以及宋代詩人羅與之的〈寄衣曲〉為例來加以說明。

一別隔炎涼，君衣忘短長。
裁縫無處等，以意忖情量。
畏瘦宜傷窄，防寒更厚裝。
半啼封裹了，知欲寄誰將？

孟浩然此詩寫一個婦人想到天氣將寒，想為遠行在外的丈夫縫製冬衣，卻忘了他的衣服尺寸，裁縫時無處可度量長短，只好依己意去忖度，怕他已消瘦，將衣服做小些，為了能防寒，特別加厚棉絮，做完時，她流著淚，把衣服包裹妥當，卻不知要託誰帶去。

這女子欲裁縫而無處可度量長短，只得「以意忖情量」。無獨有偶，清代女詩人席佩蘭在〈寄衣曲〉中有相類似的行為與心態：

欲製寒衣下剪難，
幾回冰淚灑霜紈。
去時寬窄難憑準，
夢裡尋君作樣看。

欲製寒衣，何以難以下剪？又何以在那左思右想之際，好幾回冷冷的眼淚滴落在白素之上？此無他，乃因夫君離家久矣，離去時衣服的尺寸寬窄已很難做個憑準了，只有希望在夢裡能和他相見，看看他如今的模樣再作剪裁吧。

孟浩然是代人發言，席佩蘭則是一己親身體驗，二詩皆有淚，思君之深切自不待言。二詩皆是單純的裁衣、寄衣情境，言不及外在客觀現實，但情深意重，令人感動。

如若夫君出征邊關；那麼寄征衣的心情更是苦楚了，我們看李白〈子夜吳歌〉中的「冬歌」：

明朝驛使發，一夜絮征袍。
素手抽針冷，那堪把剪刀？
裁縫寄遠道，幾日到臨洮？

從長安（此詩中的〈秋歌〉有「長安一片月」句，故知此女子在長安）到臨洮（在甘肅），可謂千里迢迢，明天早晨，驛使便要出發前去了，這一整夜，得趕緊趕工呢，拚命地把棉絮填塞入袍中，為的只是希望能替他禦寒，然而此刻，冬夜冷寒，她無畏寒冷，一針一針地縫，手凍著了，如何能把持剪刀呢？焦慮、慌張，無非是怕趕不及託交驛使，終於是裁縫成厚厚的征袍了，這時想起，所寄在遙遠的臨洮，要多少時日才能送達呢？這擔憂，當然是真愛，她是恨不得丈夫馬上便能穿上，否則這樣冷的天（臨洮更冷），如何承受得了呢？

這首詩仍然非常單純，寫的是征婦製征衣的情境，表達她的愛與關懷、她的焦慮，可說是語近情遙。而宋代江湖派詩人羅與之的〈寄衣曲〉，除了表現征婦思君的痛苦以及關愛之外，尚有一種較高超的情懷「此身儻長在，敢恨歸無日？但願郎防邊，似妾縫衣密。」意思是說：如果你能善保身體，我又如何敢怨恨你至今歸期未定呢？詩人不從女子痛苦處著筆，把思念轉成企盼，「但願你在防邊時，能像我一針比一針細密縫製征衣一樣的嚴密」，邊防嚴密，則你能「長在」，只要對方能夠「長在」平安，歸期早晚都沒關係。假如我們把「但願郎防邊，似妾縫衣密」解成是在叮嚀夫君要克盡職守，那麼這女子顯然智勇愛國。

比較複雜的送征衣情境出現在唐代詩人王建的〈送衣曲〉中：

去秋送衣渡黃河，今秋送衣上隴坂，
婦人不知道徑處，但問新移軍近遠。
半年著道經雨濕，開籠見風衣領急，
舊來十月初點衣，與郎著向營中集。
絮時厚厚綿纂纂，貴欲征人身上暖，
願身莫著裹屍歸，願妾不死長送衣。

此詩之所以較為複雜，主要是捨靜態而取動態的表現方式，全詩四句一段，首段寫她去秋送衣，今秋也送衣，去秋渡黃河，今秋上隴坂（即隴山），為什麼要如此呢？軍隊移防之故也，當她不知道路如何走法時，就一程又一程的追問軍隊移處的遠近；二段寫她每隔半年，總想起丈夫的征衣歷經風吹雨打，路途顛沛，應已破舊，於是到了十月，她便備好冬衣，打點完成，開始送衣的旅途；尾段說出她內心的願望，原來在縫製冬衣時，把棉花塞得厚厚滿滿的（纂纂，聚攏貌），而之所以如此，最大的希望是出征的丈夫穿在身上能夠有無比的溫暖，然而更希望親愛的丈夫千萬不是屍體穿上這衣服被送回來，希望自己能活下去，長久替丈夫送征衣。

此詩除表現征婦對出征在外的丈夫的情意，也暴露了征人長年累月轉戰南北的辛苦，這種親自不遠千里跋涉以送衣，比起李白詩中「裁縫寄遠道，幾日到臨洮」，更有撼人的力量，而「願身莫著裹屍歸，願妾不死長送衣」比起羅與之「此身儻長在，敢恨歸無日」，更有巨大的悲痛。

這樣的詩往往被歸入所謂的「邊塞詩」，也確實，戰爭與愛情的結合，無論何時何地，總是令人覺得無奈與哀淒。

妾身為石良不惜

——望夫石的傳說與詩

永遠的望夫石

大江南北，有許多地方都流傳著一則哀淒而美麗的愛情故事，那就是「望夫石」，請看以下的這些記載：

遼寧：奉天寧遠州西南有望夫山，上有姜女廟、望夫石，石上有亂杵踪，相傳秦時貞婦孟姜望夫之處。（《清一統志》）

湖北：武昌陽新縣北山上有望夫石，狀若人立。相傳昔有貞婦，其夫從役，遠赴國難，婦攜弱子，餞送此山，立望夫而化為立石，因以為名焉。（《幽明錄》）

湖北：昔有婦人送夫出征，至此化為石，雙履之跡猶存。（《武昌記》）

安徽：當塗縣望夫山，昔有人往楚，累歲不還，其妻登此山望之，久乃化為石。（《太平寰宇記》）

江西：昔人行役未回，其妻登山而望，每登山，輒以箱盛土而上，積日累功，漸高峻，故名。（《輿地紀勝》）

這些記載的旨意相近，卻出現在相隔遙遠的許多地方，表示這樣的傳說具有相當程度的普遍性，它的成因是可以理解的。如所周知，在古代保守的社會裡，男人出外宦遊、行商或征戰，妻子不得同行的狀況應該很多，她們在操持繁雜的家務之餘，思念著在遠方而毫無音訊的丈夫，含淚獨忍寂寞的苦楚，青春逐漸消逝，生命逐漸凋萎。

由於人間世有無數怨婦，她們哀怨以終，引起人們的悲憫同情，於是，可能產生一些扣人心弦的傳說。

我們也知道，在大自然中常有一些景觀非常奇異，人們往往以想像去賦予它一個詮釋性的意義，譬如岩石，可能因長時期的風化侵蝕而形成各種物的形狀，令人驚視，如果這個岩石恰好是婦女形狀，配合上述的思婦現象，自然就可能形成「望夫石」的傳說了。

當這樣的傳說故事被詩人取來作為寫作的題材，不論其經營的方式如何，詩人往往會提升或轉化傳說的內容。或許我們可以這樣說，在詩中，傳說中的故事有了新的生命，那是詩人的賦予。本文想取數首這一類的詩來分析，企圖掌握在各詩中的這些「新的生命」。

青山石婦千年望

唐以前的詩，直至目前為止，我還沒有發現有以望夫石的傳說為題材的作品，倒是北周的庾信，曾在他的文章中寫入了「望夫石」字詞：「況復君在交河，妾在清波，石望夫而逾遠，山望子而逾多。」（〈哀江南賦〉，見《全後周文》卷八）以及「是以章華之下，必有思子之臺，雲夢之傍，應多望夫之石。」（〈擬連珠〉四十四首之十六，見《全後周文》卷十一）庾信顯然是以此為喻，喻旨落在因離別而產生的無望之感上面。

有唐一代，「宮詞特妙前古」（《唐才子傳》）的王建寫了一首留傳千古的〈望夫石〉：

望夫處，江悠悠。化為石，不回頭。

山頭日日風和雨，行人歸來石應語。

此詩語近而情遙，短而有力，以散文敘述其意如下：

那年，在江邊，她含淚送走了夫君。而後，她天天來到這高高的山上，望著夫君離去的地方，江水悠悠，流走了歲月，流走了青春，但仍然，她滿懷希望而來。就這樣，她終於在山頭化成了石頭，永遠是那望向江邊的姿勢，再也不能回頭了！而那山頭，日日夜夜風吹雨打，吹打在人石的身上，如果真有那麼一天，那個遠行在外的人歸來了，人石應會開口說話吧！

從人道主義的精神出發，王建給出了同情之心，這位女子的希望當然是「行人歸來」，她含恨而「化為石」，仍然是「望」的姿態，永遠立於山頭，在風雨中繼續她的等待，王建在詩尾說「行人歸來石應語」，雖是設想之詞，但總算讓她的等待有一種可能性。

王建確實表現了石婦亙古的悲哀，而同代另一位詩人劉方平，在一首亦題為

〈望夫石〉的五絕中，有另外一種感情：

佳人成古石，蘚駁覆黃花。
猶有春山杏，枝枝似薄粧。

首句直敘美人化為石，黃花指這人石當年是如花的美人，苔蘚斑駁覆之，暗指歲月的滄桑與無情。「黃花」被覆，但猶有杏花白中帶紅種在這春天的山上開放著，一枝一枝就如同淡妝的佳人一般。後面兩句充滿生機，反襯出前兩句的無奈與悲情。基本上，劉方平亦出之以悲憫情懷，對這化為石的美人有著高度的同情。

「青山石婦千年望」（唐・鮑溶〈期盡〉），象徵著永恆的愛與企盼，前述二首詩，皆未及其所望之「夫」，情節簡單，南宋江西詩派詩人陳造有一首〈望夫山〉，則在其中加入了不少情節：

亭亭碧山椒，依約凝黛立，
何年蕩子婦，登此望行役。
君行斷音訊，妾恨無終極，

堅信不磨滅，化成山上石。
煙悲復雲慘，彷彿見精魂，
野花徒自好，江月為誰白？
亦知江南與江北，紅樓無處無傾國。
妾身為石良不惜，君心為石那可得？

「在那高聳而碧綠的山頂，隱約中它在如黛的雲霧裡凝立著，不知道已經多少年了，一個浪蕩子之妻，登上了這高高的山頭，苦苦的遙望夫君的去處。」前四句是客觀的敘述，以小說的敘述方式來說，是屬於全知觀點。接著敘述者轉為「妾」，詩人站在她的立場說話，於是，這個望夫的人石便有生命有血肉起來了，她說：

你走了以後，音訊全無，我恨，無休止的恨！然而，我會堅守信諾，恆不改變對你的堅貞，於是，我化作了山頂上的石頭。

日日夜夜，煙也悲，霧也慘，悲煙慘霧中，彷彿可以見到我遙望遠方的魂魄。此地，野花開遍，卻空自開放著；江上有明亮的月，卻不知它究竟是為誰而明亮？

細細思量，我深知無論是江南或江北，四處皆有歌樓酒館，有的是傾國名花，想來你正沉迷其中吧！我身化為石，不會有所惋惜，如果你的良心變成頑石，那怎麼可以呢？

我們發現，詩人乃是藉著寫望夫石以批評那些置妻子於不顧，在外貪求享受的男人，而對於堅貞不二的女性，有著讚美與同情，如元代詩人楊維楨在〈石婦操〉序中所說的：「石婦，即望夫石也，在處有之，詩人悲其志與精衛同，不必問其主名也，予為詞補入琴操。」（《元詩選・辛集》）所謂「悲其志」，正道盡了這一類詩的創作旨趣。

空有望夫名？

不過也有人提到望夫石，卻語含諷刺，像唐代大詩家白居易便是，他有一首〈蜀路石婦〉（諷諭古調），寫道傍一個婦女石像，傳說中她丈夫在他們婚後一年即出征，一去二十年沒有歸來，她既孝且貞，極有婦德，所以「後人高其節，刻石像婦形」，以為婦者之楷模，白居易說：

不比山頭石，空有望夫名。

當然，白居易是一位強調寫實的詩人，他肯定這婦人有德，至於山上石頭被視為「望夫」，他顯然認為太虛無，他會這樣想，我們毫不驚訝；不過，傳說中山頂上的望夫石，卻也不是毫無警世的作用。

看花滿眼淚

——息夫人故事的幾種解釋

唐代詩人王維，寫過一首非常有名的〈息夫人〉詩：

莫以今時寵，能忘舊日恩？
看花滿眼淚，不共楚王言。

根據唐人孟棨的《本事詩》所記載，此詩是王維為一位賣餅者之妻而作，孟文大意如下：唐玄宗的哥哥寧王位高權重，家有寵妓數十人，皆國色天香，才藝出眾，但他猶不滿足，愛上自宅旁邊一位長得纖白明媚、嬌豔動人的賣餅者之妻，就拿了很多錢給那位賣餅者，硬是把他太太給娶了回來，極其寵愛，程度超過諸妓，隔了一年，有一天他問這位賣餅者之妻說：「妳還會懷念妳那位賣餅的丈夫嗎？」她默默不語。寧王看在眼裡，心裡有了打算，就把賣餅者召了來，讓他們夫妻會面；做太太的見著丈夫，凝視良久，兩眼的淚水垂掛臉頰，無法克制情緒的激動。那個時候，寧王府上有十幾位賓客，都是當時著名之士，沒有一個不覺得淒慘異常，寧王要客人針對此事寫詩，王維的詩最先完成，就是這首〈息夫人〉。寧王讀了這首詩，很受感動，就把太太還給了這位賣餅者了。

王維的詩是借用「息夫人」的典故，來諷諭奪人妻的寧王，效用直接而且很大。息夫人的典故出自《左傳・莊公》，原來蔡國和息國的國君分別娶了陳國國君的兩位女兒，息夫人姓媯，稱息媯，當她出嫁時路過蔡國，蔡侯把她強留下來會面，息侯很生氣，和楚王密謀，楚於是打敗蔡國，俘虜了蔡侯。蔡侯被抓，在楚王面前拚命誇讚息媯，楚王因此到了息國，襲殺了息侯，把息媯帶回楚國，前後生了兩個兒子。息媯一直都不言不語，楚王就問她，她說：「我一個女人，伺侯兩個丈夫，即使不能死，又能說些什麼呢？」

關於息夫人的故事，《列女傳》的記載與《左傳》不同，《列女傳》中說，楚王出兵攻打息國，虜了息侯，命他為守門官，把息夫人帶入宮中，有一天楚王出宮，息夫人趁機去見息侯，向他說：「人生總得一死，我們何必自找苦吃呢？我從來沒有片刻忘記您，最終我是不會背叛您的，想想啊，活著，我們必得在人間分離兩地，難道比得上一同死於九泉之下嗎？」於是就作了一首詩：

穀則異室，死則同穴。

有如不信，死如皦日。（註①）

她有一死的決心，而息侯卻阻止她，不過，她還是自殺殉情了，息侯知道以後也自殺了，兩人死在同一天。

王維顯然是從《左傳》取材，詩一開始便以「今時寵」對「舊日恩」，前者指息夫人受寵於楚王，後者指與息侯過去的恩愛，大意是說：不要以為我今時受寵，就會忘記舊日的恩愛；後半說她看著花時，滿眼都是淚水，誓不與楚王言談。為息嬀責楚王，正是為賣餅者之妻以責寧王，王維話中有話，肯定了息夫人的堅貞，並對她所受的苦難表示同情。

同樣從《左傳》取材，唐代另外一位詩人杜牧對於息夫人的看法，顯然與王維不同，〈題桃花夫人廟〉詩如下：

細腰宮裡露桃新，脈脈無言度幾春？

至竟息亡緣底事？可憐金谷墜樓人！

《清一統志》云：漢陽府桃花夫人廟，在黃陂縣（在今湖北省）東三十里。乃古之楚地，杜牧原詩有注「即息夫人」，後人立廟，為何以桃花為名，我不得而知，近人王文濡《清詩評註》中說：「或云以桃李無言而名，今湖北漢陽縣北有桃花洞，上有桃花夫人祠。」可以參考。

「細腰宮」指楚宮，前人所謂「楚人愛細腰」，細腰當指美麗女子，其腰也細；「露桃」即帶露桃花，乃眼前景象。整句是說，眼前這帶露的桃花，當如在昔日楚宮裡一樣燦然怒放。然而，桃花無言，終日凝視，究竟已度過多少個春天了。這第二句的「無言」，即王維的「不共楚王言」，出於《左傳》記載，表示一種含忍，一種認命的觀念。

「至竟息亡緣底事」是個疑問句，意思是說，究竟息國的滅亡是因著什麼緣故呢？杜牧顯然有意讓息媯背負禍國的罪名，對於《左傳》中所記載的，息媯不死，雖不言不語，卻替楚王連生二子，杜牧表現得非常不滿。然而，依我看，息媯只不過是政權鬥爭的一個犧牲者而已。

由於息媯不能一死以明心志，杜牧便想起了晉時石崇的愛妾綠珠墜樓自殺以殉情之事（註②），「可憐金谷墜樓人」，可憐綠珠，正所以責息媯，和王維的悲憫情懷旨趣不同。

清代王士禛《漁洋詩話》卷下有這樣一則：

益都孫文定公（廷銓）〈詠息夫人〉云：「無言空有恨，兒女粲成行。」諧語令人頤解；杜牧之「至竟息亡緣底事？可憐金谷墜樓人。」則正言以大義責之；王摩詰「看花滿眼淚，不共楚王言。」更不著判斷一語，此盛唐所以為高。

處理同樣一個歷史素材，由於每個人的觀點互異，寫法不同，對於一個歷史人物的判準，自然就有所差別，站在讀者的立場，也樂於看到因此而寫成的各種詩。

王士禛談這三首詩，是從詩本該含吐不露的角度以為判準尺度，所以，他會認為王維詩好，然而，他也不能否定杜牧與孫廷銓的寫法，其實也是各具特色，可以不分軒輊。

清初有一位詩人鄧漢儀（字孝威，號鉢叟）也有一首〈題息夫人廟〉，常為一些選本所錄，詩如下：

楚宮慵掃黛眉新，只自無言對暮春。

千古艱難惟一死，傷心豈獨息夫人。

前半記事，說息夫人入楚宮以後慵懶地抹粉畫眉，化妝一如在息國之時，只是她獨自不言不語，面對著即將消逝的春天。後半抒感，言千古之間，最艱難之事，莫過於在不能忍受屈辱時勇敢選擇一死，悲愁傷心難道只有一個息夫人嗎？

鄧漢儀知死的困難，不忍以死責息媯，也確實，她含辱苟延殘生，能「無言」已是難得，比起許多變節求榮者，可愛得多了。此詩次杜牧原韻，頗有翻案之意，又能從人性立場看息夫人，帶有一點同情的諒解，殊屬難得。

註：

①《列女傳》中所記息夫人事引此詩，說是息夫人所作，按此詩為《詩經・王風・大車》中第三章，沒有資料顯示這是息夫人的作品，可見《列女傳》的真實性頗令人懷疑，而《左傳》述諸侯各國之事，為史家手筆，應不致有誤。

所謂「穀則異室，死則同穴」是指：生時雖不能同處一室，死後但求同葬一穴，合葬之義，乃缺憾愛情的一種補償；《詩經》原文「謂予不信，有如皦日」是一種愛的誓言：然而，你卻說我言而無信，我可以指著上天發誓，我的誓言有如白日！《列女傳》略作更改成「有如不信，死如皦日」，意思差不多。

② 杜牧有〈金谷園〉詩：「繁華事散逐香塵，流水無情草自春；日暮東風怨鳥啼，落花猶似墜樓人。」寫西晉石崇愛妾綠珠不願委身孫秀，而於金谷園中清涼臺跳樓自盡。

花落深宮鶯亦悲

——葉上題詩的故事

唐代詩人顧況，當他在洛陽時，曾經趁著閒暇，與三兩詩友遊於御苑之中，他們搭乘小船在水流之上，拾到一片偌大的梧葉，發現葉上題有一首詩：

一入深宮裡，
年年不見春；
聊題一片葉，
寄予有情人。

顧況這個人平日頗為風趣，又讀此詩確實心有所感，於是在次日，他寫了一首詩，也題在葉上，從上游將此葉放入水中，這首詩便是收集在他集中的《葉上題詩從苑中流出》：

花落深宮鶯亦悲，
上陽宮女斷腸時；
君恩不閉東流水，
葉上題詩欲寄誰？

過了十天，有朋友到御苑踏青，又拾到題詩的葉子，交給顧況，詩是這樣寫的：「一葉題詩出禁城，誰人酬和獨含情；自嗟不及波中葉，蕩漾乘春取次行。」（事見孟棨《本事詩》）

這是一個很有名的詩的故事，帶有點傳奇色彩，卻充分顯示出宮中女性的悲哀，所謂「一入深宮裡，年年不見春」，和盤托出宮女把大好青春虛擲在深宮的巨大悲哀，怪不得她會自嗟自嘆作為一個人竟連波中之葉都不如，那葉還可以「出禁城」，可以「蕩漾乘春」，而自己呢？

顧況的這首詩是屬於宮怨一類的抒情詩，而語含諷諭，首句點出深宮，著一「悲」字而詩情即出，花落關情，而鶯悲亦是人悲了；次句點出悲之人是宮女，其悲也斷腸，上陽宮故址在今洛陽西洛水北岸，是天寶年間楊貴妃專寵時的冷宮之一，專門安置六宮中被玄宗冷落的嬪妃，顧況於此提出上陽宮，乃是設想葉上題詩者乃失寵的宮女。

第三句婉而帶諷，言「君恩」無所不閉，唯不閉東流之水（指御溝水流），閉即鎖，人在深宮，不得君王寵愛，青春逐漸耗去，又不得出宮；彷若在樊籠中，自是苦不堪言。末句明知故問，原來的葉上題詩是說「寄予有情人」，這次第顧況卻問道「欲寄誰？」內中含悲憫之情，此是詩人多情。

這葉上題詩的故事雖富傳奇性，但沒有進一步的發展，根據記載，唐代另外有幾則相類似的故事，也就是後人津津樂道的〈紅葉題詩〉，題詩之人與拾葉者終成眷屬，則紅葉已成良媒，成功傳遞了愛情，既美麗又浪漫。

這幾則故事分別發生在唐德宗、宣宗、僖宗之時，主角分別是進士賈全虛與奉恩院王才人（才人之官負責帝王更衣之事）的養女鳳兒、舍人盧渥與一宮人、于佑與宮女韓氏，分別記載在《補侍兒小名錄》、《雲溪友議》、《清瑣高議》三書之中。於此引錄後者，略謂：

唐僖宗時，宮女韓氏，以紅葉題詩，自御溝中流出，為于佑所得，佑亦一題一葉，投溝上流，韓氏亦得而藏之。後帝放宮女三千人，佑適娶韓，既成禮，各於笥中取紅葉相示，乃開宴，曰：「予二人可謝媒人。」韓氏又題一絕曰：「一聯佳句隨流水，十載幽思滿素懷；今日卻成鸞鳳友，方知紅葉是良媒。」

韓氏所說的「十載幽思滿素懷」，當然是寫禁宮之苦。話說這宮中幽思，原是無涯涘的苦楚，從隋煬帝民間選女入宮開始，便有無數的宮女備嘗青春被無情吞噬的難堪之苦，唐代亦然，因此而有大量的宮怨作品出現。

民女入宮，黯淡的歲月便展開了，後宮佳麗三千，要得君王歡寵，何其困難，而即使幸能三千寵愛在一身，亦難免一朝失寵，含恨以終。所以唐代的宮怨詩大體可分兩類，一種是描寫一般宮女不得寵的寂寞，一種是嬪妃失寵後的痛苦，較有名的作品，前者如杜荀鶴的〈春宮怨〉、薛逢的〈宮詞〉、王昌齡的〈春宮怨〉、顧況的〈宮詞〉、朱慶餘〈宮中詞〉等；後者如梅妃的〈一斛珠〉、白居易的〈宮詞〉、王昌齡的〈長信怨〉等，茲舉例說明：

早被嬋娟誤，欲妝臨鏡慵。
承恩不在貌，教妾若為容。
風暖鳥聲碎，日高花影重。

年年越溪女，相憶采芙蓉。

——杜荀鶴〈春宮怨〉

選女入宮，所選必然是容顏姣美者。入宮前，可能會滿懷憧憬，以為是榮華富貴盡在眼前，當可惠及親族，沒想到事與願違，寵不加身，日復一日，年復一年，希望落空，而宮門森禁，如蓄乎樊中，這時便不得不責怪起自己這張美麗的容顏了，只因它誤我青春，誤我一生。長年累月如此，還有什麼心情去梳妝呢？所以欲妝臨鏡時，會是那麼慵慵懶懶了。更可恨的是，那些蒙受主上恩寵的，並非是因為她們的容貌美麗；美麗容顏既然無法使自己得寵，還化妝給誰人看呢？

這時刻，外頭在溫暖的風中，鳥兒啼聲繁碎；是正午時分，花影濃密，一片溫暖熱鬧景象，恰與室內的孤獨冷清形成強烈對比，不禁令她想起，在那過去的歲月裡，在故鄉的溪水之畔，那些年輕的女伴，她們還會不斷地憶起，大家一起采芙蓉的快樂日子吧！(「越溪女」本指西施在浣紗溪畔時的女伴，這裡借來說自己；「采芙蓉」來自古詩「涉江采芙蓉，蘭澤多芳草」，這裡代指自己年輕時期的歡樂歲月。)

這首詩寫出宮女得不到君王垂愛的怨嘆，渴望回到過去無拘束的悠遊時光。

淚盡羅巾夢不成，
夜深前殿按歌聲。
紅顏未老恩先斷，
斜倚熏籠坐到明。

——白居易〈宮詞〉

是後宮的這位宮人，在夜裡獨自哭泣，眼淚濕透羅巾，落淚的來由是失寵而遭冷落，想到先前被寵愛的情景，悲傷自所難免，這教她如何能安然入睡，偏偏這個時候，前殿歡樂的歌聲傳進了冷清的後宮，前後強烈的對比，更襯托出這位宮人的椎心之痛。

前殿按歌聲，必有新寵伴君側，新人笑而舊人哭，而如今正在被冷落而哭泣的舊人，她更大的痛苦是紅顏未老而恩已斷，若果是色衰失寵也就罷了，而她卻仍是青春年華，這教她如何能忍？於是在這失眠的漫漫長夜，只有斜倚著熏籠（罩在香爐上的竹籠，香爐是熏衣被用的），一直坐到天明了。豈只是這一夜，往後數不盡的夜晚亦何嘗不如是？

人間世上，恩情的挫敗原不只是後宮所獨有，但是在宮中，由於環境特殊，情更不能堪！李商隱說「永巷長年怨綺羅」，這種無止境的怨，一直延續著，唐有之，宋元明何代無之呢？

從顧況的葉上題詩談起，本文論及唐代的宮怨詩，透過這些作品，我們了解古代宮中女性的悲哀，基本上這是專制時代，男尊女卑社會的一種現象，值得探討的地方很多，於此只是泛論，細部的問題未曾詳述，只能期待來日了。

青春常別離

——從幾首唐詩看商人婦的悲情

在現代的社會裡，作為一個商人婦，她往往需要努力去適應丈夫的交際應酬、重利傾向以及當丈夫出遠門去從事商業旅行時獨守空閨的生活；她可以參與丈夫的事業，也可以有完全屬於自己的工作，更可以依自己的性情和趣味，安排一些正常的休閒或社交活動。

然而，古代的商人婦呢？在本文中，我想從幾首唐詩來看她們的愛情生活。首先，我們看李益一首著名的〈江南曲〉：

嫁得瞿塘賈，
朝朝誤妾期；
早知潮有信，
嫁與弄潮兒。

此詩從女性第一身觀點，大膽吐露作為一個商人婦深埋內心的痛苦，她說：「自從嫁了住在瞿塘這個地方的一個商人之後，他就天天耽誤了和我約定的歸期；早知道潮來潮去是最守信用的，倒不如嫁給一個海濱的弄潮兒還來得比較好。」這種哀怨與悔恨，乃是基於渴望能從丈夫那裡得到愛的溫暖，這原是要出嫁時就已存在的想望，錦衣玉食等物質上的享受，無論如何都比不上情感的慰藉；然而，怎麼會知曉商人竟然會如此不守信用呢？歸期一誤再誤，也正是誤她青春，早知如此，寧願嫁給潮來時必然會去弄潮的人了。

這位女性雖然不必一定是愛情至上者，但她委實需要丈夫的疼惜。作者於此顯然有意對比瞿塘賈與弄潮兒，關鍵在一個「信」，如果，瞿塘賈象喻物質，那麼，守信的弄潮兒便可作為精神層面的愛之象徵了。

渴望、等待、哀怨與悔恨，是否就是這類女性共有的一種現象呢？悔恨雖未必，因為古代女性常有認命的人生觀，但渴望愛情，寂寞地等待著丈夫，充滿了哀怨，則大有可能，白居易〈琵琶行〉中彈琵琶的「商人婦」正是如此。

她原來是「京城女」，十三歲時就學成一手精良的琵琶技藝，身在教坊中，出類拔萃，紅遍京城。然而，歡樂的歲月一年一年的過去，美景虛度，姿色也逐漸衰老了，色一衰，自然是「門前冷落車馬稀」，成了過氣的女人了，只好「嫁作商人婦」，而：

商人重利輕別離，前月浮梁買茶去。
去來江口守空船，繞艙明月江水寒。
夜深忽夢少年事，夢啼妝淚紅闌干。

李益詩中的商人是對妻子不守信，白居易筆下琵琶女的夫君是「重利輕別離」。這是很殘酷的事實，尤其是輕別離。既輕別離，當然就置妻子於不顧，以致上個月前去浮梁（今江西景德鎮）買茶，至今未歸，她只能在江口守著空船，苦苦等待著，明月繞艙、江水冷寒，在這夜深之際，夢迴年輕歲月的許多舊事，當夢中哭醒後，淚痕猶夾著臉上脂粉呢！

今昔強烈的對比，把琵琶女巨大的悲哀烘托而出，藉著琵琶聲，「似訴生平不得志」、「說盡心中無限事」。如果，如今鶼鰈情深，過去年輕的歲月會是一些美麗的回憶，不幸的是，現在卻是「漂淪憔悴，轉徙於江湖間」，往昔的歡樂反成為現今痛苦的根源了。看來，「嫁作商人婦」是一個錯誤的選擇了。

接著讓我們來看李白的〈長干行〉和〈江夏行〉。

妾髮初覆額，折花門前劇。
郎騎竹馬來，遶床弄青梅。
同居長干里，兩小無嫌猜。
十四為君婦，羞顏未嘗開。
低頭向暗壁，千喚不一回。
十五始展眉，願同塵與灰。
常存抱柱信，豈上望夫臺。
十六君遠行，瞿塘灩澦堆。
五月不可觸，猿聲天上哀。
門前遲行跡，一一生綠苔。
苔深不能掃，落葉秋風早。
八月蝴蝶黃，雙飛西園草。
感此傷妾心，坐愁紅顏老。
早晚下三巴，預將書報家。
相迎不道遠，直至長風沙。

——李白〈長干行〉

此詩採取女性第一身敘述，依時間順敘這位長干（南京秦淮河南）商婦的愛情生活，塑造了一位情感豐富、真摯的商婦形象。

首先說他們是青梅竹馬、兩小無猜，從童年開始便已滋生的愛情，終於在她十四歲那年，結髮為夫妻了，雖然是一起長大的玩伴，一旦結婚，緣於少女的矜持，卻也不免嬌羞，那「低頭向暗壁，千喚不一回」的情景，教人愛憐；十五歲時才粗解人際大事，情感總在有意無意間由眉宇間顯露出來，這時內心裡常存想著古時候那個寧死亦不願失信於情人的尾生（事見《莊子》一書，尾生與情人約於橋下，他先至，河水暴漲，他不願失信，抱柱而被水淹死）。對他如此信賴，又怎會想到將來可能登上望夫臺，苦苦等待丈夫的歸來呢？

然而，好景不常，在她十六歲時，君要遠行了，船行大江，必得經過瞿塘峽灩澦堆那個險惡的巨大礁石，尤其是五月夏水高漲，可千萬別去觸礁呀，那兩岸淒厲的猿聲，想必會牽動丈夫的鄉愁家思吧。至於她呢，在丈夫離去之後，她便時常望著丈夫出門時的蹤跡，等待復等待，回家的路上都生出青苔來了，時間就這麼過去了，青苔愈長愈厚了，掃都掃不掉，秋天終於來臨了，落葉紛飛，大地開始蕭瑟淒涼了。

八月了，仲秋時分，蝴蝶雙雙飛舞在園裡的花草上，看牠們比翼雙飛，此情此景，令她傷心，想到夫君一去數月，青春就在等待中悄悄流逝，不禁發愁了起來。何時啊，丈夫可從三巴（巴郡、巴東、巴西，皆在四川東部）沿長江而下？可是，要事先修書來告知，那時「我」將不畏路途遙遠，前去遙遠的長風沙（在今安徽安慶市東長江邊上）迎接親愛的丈夫。

此詩很成功的把這個長干商婦的愛情，生動而且具體的呈現出來，兒時純純的愛意，新婚時的嬌羞，丈夫離去後的刻骨相思，隨著詩意的進行，層層展現，細緻入微的心理刻繪，尤其精采。

李白的〈長干行〉在集中有二首，後一首前人懷疑非李白所作（《唐詩紀事》以為是張潮所作，黃山谷以為是李益的作品），也是寫商婦別夫之情。「那作商人婦，愁水復愁風」，愁從何來？一言以蔽之曰：嫁與長干人，見少別離多之故也。

另外，李白尚有一首古體〈江夏行〉也是寫商婦的愛情，詩中這位女主角在少女時期，總希望婚後能和夫君廝守，「誰知嫁商賈，令人卻愁苦」，為什麼呢？因為結婚以後，他就很少在家，去年去揚州，說是一年，誰知一去已三載，不知人在何方，音訊全無，看別人恩恩愛愛，獨自悲淒、對鏡垂淚了，怪不得她會產生這樣的心態：

不如輕薄兒，旦暮長追隨，
悔作商人婦，青春長別離。

除了〈長干行〉外，其餘各詩中所寫的商人婦，對於她們的婚姻皆有悔意，看來，這「嫁作商人婦」，不算是明智的選擇了。

有女懷春

——釋李賀的〈懷春引〉

青春男女對於異性的渴慕，原是極自然普遍的事。而當渴慕有了特定的對象，或者是深埋內心，欲言又止；或者是展開猛烈的追求行動，欲得之而後休。時不分古今，地不分南北，這樣的事不斷地發生，也不斷地被寫進各種文學作品之中。

《詩經》中有一首〈蒹葭〉（〈秦風〉），寫盡了男性對女性苦苦的追求；有一首〈摽有梅〉（〈召南〉），把女性渴望得到愛情來滋潤乾枯心靈的情境披露無遺。一般來說，男性比較容易用行動來表現他內心的渴望，而女性往往比較含蓄、被動，〈召南・野有死麕〉一詩中的「有女懷春，吉士誘之」正可以說明這種道理。

「有女懷春」，是說有個姑娘春情動蕩，渴望愛神的君臨；「吉士誘之」是說一個年輕小伙子對她展開引誘挑逗。此詩原是描寫一個年輕男子在林野中向一位姑娘求愛的情景，全詩充滿野趣與青春氣息，說這「如玉」的少女「懷春」，是寫實，從這女孩觀點，詩中最後有「舒而脫脫兮，無感我帨兮，無使尨也吠」句（用白話翻譯就是：你得慢慢走呀！動作輕輕地，可別搖動我的佩巾，可別惹得狗兒吠叫起來！）表示這「吉士」的求愛已經成功了，也可以發現這女孩的渴望已經有了一個圓滿的結果，然而看她那外表含蓄、內心無限欣喜的情境，我們竟只感覺她純真、可愛至極的模樣。

但卻也並非懷春少女皆能美夢成真，唐末秦韜玉寫一個「未識綺羅香」的貧女「擬託良媒益自傷」，所謂「擬託良媒」無非是指她急欲擇良木而棲，當然是渴望愛情的一種心理狀態，然而卻更加的自我感傷起來，非無良媒可託，只是因為家貧，所以自己空有那麼好的條件（其一，「風流高格調」；其二，因憐時世艱難而「儉梳妝」；其三，有一雙精於針繡的靈巧雙手。）卻不敢把自己「推銷」出去。

世間多少懷春女子，有的成為眾人追求的對象，有的卻乏人問津，成為怨女，幸與不幸，除了自身的美色、能力、智慧之外，往往也會夾雜許許多多外在的因素，這原是極其自然的事，然而對於當事者來說，喜悅，或者怨恨，都是相當真實的。

在這裡我想來細讀一首李賀的〈懷春引〉。

芳蹊密影成花洞，柳結濃煙香帶重。

蟾蜍碾玉挂明弓，捍撥裝金打仙鳳。
寶枕垂雲選春夢，鈿合碧寒龍腦凍。
阿侯繫錦覓周郎，憑仗東風好相送。

詩題中的「懷春」想來是來自上述《詩經》中的「有女懷春」，「引」原是樂府詩體之一（《詩體明辨》云：「述事本末，先後有序，以抽其臆曰引」），此處只是借樂府之名。

毫無疑問，李賀是詩中鬼才，然而中國傳統的詩評家卻不重視他，近代的文學史家也對他存有偏見，我們從著名的《唐詩三百首》沒有選他的作品，就可略知一二。但是耐人尋味的是「唐代詩人李賀的研究已成為國際性的一樁盛舉」（杜國清〈李賀研究的國際概況〉），或許是受到這股李賀風的影響，國內近年來才會有研究李賀的論著出現。

關於李賀述及女性及愛情的詩，曾被一些人視為是色情文學，實則就詩藝的立場來看，他對於女性心理描寫之細膩，在古代詩家中是鮮有能出其右者，他能寫出女性內心的期待與痛苦，婉轉含蓄，意旨遙深。

〈懷春引〉當然也是這一類作品，採取的也是委婉含蓄的表現手法，不細細體會、研索，是很難了解懷春少女那種對於愛情的渴切。

首聯表面寫景，實則內蘊的意義緊扣住一個「春」字，「芳蹊」指花草茂盛芬芳的小徑，「密影」指花影綿密，這樣的景象，就如同是繁花布成的洞府一般；「柳結」指柳條交錯如結，「濃煙」指煙霧瀰漫，「香帶」指柳條，柳條原不香，但花氣襲人，感覺上如香帶了；「重」是低垂，因是柳葉蓊密，而且在霧中，便也就低垂了。如此春意爛漫，景色自是怡人。

「密影」之影必然是日影，時間是白天；「濃煙」很可能是黃昏氣象。而第二聯上句「蟾蜍」的出現，則已明白指出是夜晚了，蓋蟾蜍乃傳說中的月中之獸，所謂「月裡蟾蜍，是月魄之精光」，文學作家因此取來作為月之譬喻；「碾玉」的「玉」指雲，「碾」原義是用力把東西磨碎，這裡是明月移走夜空，雲隨之散碎的景象；「挂明弓」（挂即掛）的「弓」是指月形如弓，未滿之象。到這裡，詩一直都在寫景，從白天到夜晚，花、柳和月，整體鋪設了一個「懷春」的背景。

二聯下句，人始藉琵琶而出現。「捍撥裝金打仙鳳」極其難解，王琦引《海錄碎事》說：「金捍撥在琵琶面上當弦，或以金塗為飾，所以捍護其撥也。」（《李長吉歌詩彙解》）。至於「打仙鳳」，「打」指彈撥，「仙鳳」是指金捍撥雕作鳳形（參考葉葱奇校注本）。基本上此句是寫彈琵琶，承上句而言，是說在夜裡對月而彈，彈者當然是此懷春之人，而琵琶面之弦能以金飾之，則其主人若非身在朱門，則可能是個青樓歌妓了。

三聯開始就此對月彈琵琶的懷春之人而寫，枕是「寶枕」，這「寶」與上面的「玉」、「金」相呼應，和人的富貴攸關；「垂雲」形容女子髮長而垂，她髮垂寶枕之畔，必在琵琶聲歇以後，這時她欲「選春夢」，「選」喻指一種渴盼，期待有一場美夢，以滿足醒時所無法達成的愛的企慕。

王琦說，「下三句正是所期之夢境」，其實不必是指夢境，亦可指實景。「鈿合」是以金片做成花形的飾物，古時常作為一種定情信物，而此定情之物是「碧寒」，碧是其色，寒即冷，喻示愛情逐漸冷化；「龍腦」，香名，香已凍結，說明她由於心情使然已不知香味，一寒一凍，把這女子獨守空閨，缺乏愛情滋潤的挫折感充分呈現出來。

最後兩句是這位懷春者的一種感悟，意味著她已不願空坐等待愛情的降臨，頗有實際去追求的意願。「阿侯」是人名，當然是詩中的這位女性。李賀〈綠水詞〉中有「今宵好風月，阿侯在何處」，葉葱奇校注本引吳汝綸註說：「阿侯，妓也。」；「繫錦」是以錦帶繫腰際，於此有盛裝之意；「覓」字表示追尋；「周郎」原指三國周瑜，此借以喻心中所想那個風姿翩翩的俊男，他不只要俊，而且要精於音律（周瑜精於音樂，當時有「曲有誤，周郎顧」之謠，庾信有詩「緣知曲不誤，無事畏周郎」，李端有「欲得周郎顧，時時誤拂絃」句，皆與女子渴望見到自己所喜歡的人那種心理狀態有關），才能了解「我」所彈琵琶曲中所含之情。

而如何以覓呢？詩中說「憑仗東風」，這「東風」也跟周瑜有關，杜牧詩中有「東風不與周郎便」，於此只是一種想望，希望能藉著東風把「我」送到「你」的面前。

經由上面的解說，我們可以對此詩理出一個頭緒：這是一個懷春少女，怡人春色興起她的春心，對月彈琵琶以發抒一懷愁緒，期盼有美夢，然而所面對的只是一室冷寒，終於覺悟出必得主動去追尋，不過卻是無所憑依，只能寄望那不可捉摸的東風而已。

李賀擅於刻畫女性心理的表現手法，於此可見一斑了。

註：

此詩或作〈春懷引〉（王琦《李長吉歌詩彙解》、葉蔥奇校注本《李賀詩集》），此從曾益《李賀詩解》。義同，不加以辨說。

輯二

相看猶不足

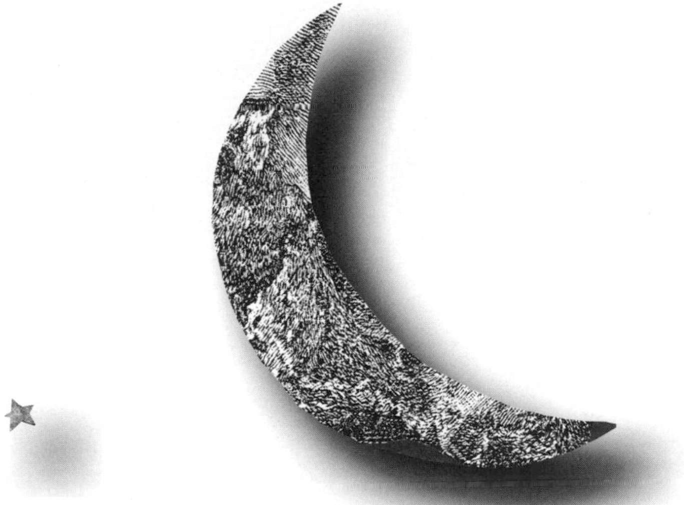

從〈琴歌〉到〈白頭吟〉

——卓文君的愛情信念

漢朝文學家司馬相如，與他的妻子卓文君之間的愛情故事，兩千年來為人所津津樂道，本文擬經由有關作品的分析，來了解這樁愛情事件的始末及當事者的心態。

司馬相如與卓文君的初識頗富浪漫氣息，《史記》和《漢書》的〈司馬相如傳〉都這樣記載：臨邛（今四川省邛崍縣）富人卓王孫宴請司馬相如，相如勉強赴宴，知卓氏有女文君新寡，乃「以琴心挑之」（寄心於琴聲以挑動之），文君喜好音樂，竊從門戶偷看相如，「心悅而好之」，卻恐怕彼此不能相匹配。相如買通文君侍女向她表示殷勤，文君遂於深夜投奔相如，兩人快速返回成都。

相如家貧無以為業，卓王孫大怒，引以為恥，不願幫他們的忙，文君勸相如偕往臨邛，於是，他們在那裡開了一家酒店，很辛苦的經營著，文君的兄弟以及卓王孫的一些朋友都勸卓王孫，說相如「雖貧，其人材足依」，卓氏眼看木已成舟，不得已才以錢財、童僕等濟助相如夫妻，他們才又回到成都，購買田宅，搖身一變，成為富人。

司馬相如追求卓文君是「以琴心挑之」，那就是有名的〈琴歌〉：

鳳兮鳳兮歸故鄉，遨遊四海求其凰。
時未遇兮無所將，何悟今夕升斯堂。
有豔淑女在閨房，室邇人遐毒我腸。
何緣交頸為鴛鴦，胡頡頏兮共翱翔。

鳳兮鳳兮從我棲，得託孳尾永為妃。
交情通體心和諧，中夜相從知者誰？
雙翼俱起翻高飛，無感我思使余悲。

歌詞收錄在《樂府詩集》卷六十〈琴曲歌辭〉，內容是標準的「鳳求凰」，這個時候的司馬相如是「久宦遊，不遂而困」，因此，他以一隻遨遊四海以求「凰」卻無所得而歸回故鄉的「鳳」自比，之所以無所得，乃是「時未遇」，這種失落之感，使他徬徨不知何去何從，那裡曉得今晚會升上此堂，正有一位美豔的淑女躲在她的閨房，她那房間雖然離我很近，人卻離我好遠，真令我悲痛萬分，我和她如何才有緣能夠如鴛鴦一般，交頸親密，她就是我一直在追求的「凰」啊！何不和我展翅比翼，共翱翔於寬闊的天空。

前一首很明顯的表達出自己內心的渴望，後一首更明確的要求對方有所行動，也是從「鳳兮」疊用起，不過這鳳已非自比，而是指對方，意思是說，妳跟我一起去生活，藉著「孳尾」（乳化曰孳，交接曰尾，孳尾即牝牡相生也），永遠的結為恩愛伴侶，情感交流，二體互通，心中和諧，何其愉悅幸福！妳是否願意呢？若果妳願意，夜深人靜時，我們私奔去，那又有誰知呢？我期待著妳我比翼高飛，妳卻絲毫也沒有感覺出我的心意，真是令我傷悲啊！

琴音歌聲就這麼輕柔地傳進文君的耳裡，喜好音樂的文君如何會不解相如的本心，我們知道，這時的文君正是新寡，在烈女不嫁二夫的觀念沒有形成的漢代，文君必也渴望著第二春的降臨，相如充滿挑逗的琴聲重燃起她愛情的火焰，再加上彈琴者又是使「一座盡傾」的翩翩俊男，自然會「心悅而好之」了，然而，理智上她也知道，這恐怕是不妥當的，不過，畢竟無法拒絕相如的殷勤追求，終於「夜亡奔相如」了，惹火了卓王孫，但最後也不得不承認這個事實，相如因此而成為富人。

後來，司馬相如因〈子虛賦〉而受寵於武帝，成為御用文人，〈子虛賦〉既使武帝產生「朕獨不得與此人同時哉」，〈上林賦〉又使「天子大悅」，〈大人賦〉使天子「飄飄有凌雲氣游天地之閒意」，代陳皇后所寫的〈長門賦〉使得陳皇后重受寵幸，飛黃騰達，自不在話下。在他以中郎將身分經略西南夷，抵達四川時，卓王孫才喟然而嘆，自認把女兒嫁給司馬相如嫁得太晚了，人間冷暖，由此可見一斑。

《西京雜記》裡頭有這樣的記載：司馬相如想納茂陵人女為妾，卓文君因此寫了一首〈白頭吟〉以自絕，相如才放棄了納妾的念頭。〈白頭吟〉是這樣寫的：

皚如山上雪，皎若雲間月。
聞君有兩意，故來相決絕。
今日斗酒會，明旦溝水頭。
躞蹀御溝上，溝水東西流。
淒淒復淒淒，嫁娶不須啼。
願得一心人，白頭不相離。
竹竿何嫋嫋，魚尾何簁簁。
男兒重意氣，何用錢刀為。

相對於當年司馬相如「得託孳尾永為妃」（妃者，匹也，佳偶也），如今在富且貴之後的納妾意念，便顯得非常諷刺，而文君當年那麼勇敢的做了跟從司馬相如的選擇，今日一旦「君有兩意」，她便提出「決絕」，顯示出她的冷靜與機智，以及要求圓滿的愛情觀。

詩名〈白頭吟〉並非她頭已白，而是對於愛情要求白頭偕老。首二句的潔白明亮意象除扣緊詩題，亦是她所認定的愛情之譬喻：如山上積雪以及雲間月一般的潔白明亮，原就是自然散發、圓滿無缺的高度境界。現在，君既有二意，表示愛已有所殘缺，與其擁抱殘缺，強忍漫長歲月的被疏冷，倒不如一刀決裂，所謂長痛不如短痛，無非如此。

接著四句，是她對於愛情、婚姻以及人際關係無常的喟嘆，今日以前，彼此斗酒相會，把臂歡欣，何其熱絡；明日以後，卻必得如溝水分流，各奔東西。所謂感情，原是那麼禁不起時間的考驗，何其薄弱，而在那分手之際，來回徘徊，容或不忍亦不願，然而，溝水無論如何都要東西流啊，你我又如何能固守著這合流的短暫歲月呢？

至此則不免想起所謂的婚姻，多少女子在出嫁之際，淒然啼泣，文君終也悟出，其實是沒有那個必要，只要能得著一個知心人，「白頭不相離」，最是幸福的了。文君此刻已堅意決絕，頭未白而已先離矣，有所願卻不能得，頗含自諷的況味，對於當年的私誓逃奔，到如今亦了無悔恨之意，這是愛的堅貞，在文君面前，相如該感到慚愧。

結尾四句，首用兩個並列的意象以為譬喻，嫋嫋竹竿（嫋嫋，柔弱動搖之貌）、簁簁魚尾（簁簁，搖擺不定之狀）旨在喻示愛情的變動不定，是對方而非己身。既然，你心志已經動搖，那麼，請展現你的男兒本色，男兒不是最重義氣嗎？何必用什麼金刀錢幣（即貨幣）來彌補對我的感情虧欠呢？

記載中說：司馬相如讀〈白頭吟〉而停止納妾，依我看，除了受真情所感動，另一方面也代表他頗具反省能力，文君提出「錢刀」，想必給司馬相如一記當頭棒喝，畢竟當文君接受他的求愛之時，他還是「家貧無以自業」，文君隨他吃苦，後來也因文君見諒於乃父，相如才得以富有，若果得意而負心，難免要背上一點罪名，至少是始亂終棄。

從〈琴歌〉到〈白頭吟〉，我們看到司馬相如前後愛情的變化，以及卓文君敢愛敢離的堅貞，他們是否「白頭不相離」並不重要，重要的是卓文君適時免去「溝水東西流」的悲運，這是她的機智，丈夫有外遇者可為借鏡。

殘燈伴曉霜

——關盼盼絕食殉情始末

清初詩人錢謙益有〈徐州雜題〉五首，其中有一首是這樣寫的：

柳老花殘木葉秋，西風斜日總牽愁。
天涯大有多情客，不忍經過燕子樓。

詩一開始，諸多自然景象全都朝向一個「愁」字集中，這牽來牽去牽起的愁思，導因於人所立足的徐州（在今江蘇省銅山縣）。因為，在縣城的西北隅，著名的燕子樓之舊址在焉。

天涯大有多情客
不忍經過燕子樓

何以不忍？因為燕子樓中曾發生過一段扣人心弦的愛情故事。……

時間是中唐，地點是徐州，一個已退休的尚書張建封，極其寵愛一個名叫關盼盼的妾。盼盼容貌姣美，姿態風雅，而且能歌善舞。張尚書死後，諸妓都離去了，唯獨盼盼不忍離去，守在張家宅第的燕子樓。

詩人白居易和關盼盼曾有一面之緣，那是他還在當校書郎的時候（唐德宗貞元二十年，八〇四），張尚書於府中宴請白居易，盼盼歌舞以助興，賓主皆歡。白居易曾有詩贈盼盼，中有「醉嬌勝不得，風嫋牡丹花」句。

十一年之後（元和十年），白居易仕途中衰，被貶官到江州當司馬。有一天，他的朋友司勳員外郎張積之來訪，吟唱了哀怨婉麗的三首絕句〈燕子樓詩〉，一問之下，才知道那正是故人關盼盼所作，當然對於盼盼的近況也有所了解，於是，步其韻，亦寫了三首〈燕子樓〉，頗有諷刺盼盼之意。當關盼盼讀到這三首詩，反覆吟哦，淚從中來，她說：「打從老爺仙逝之後，我不是不能為他殉情，只是，如果我自殺了，我怕百年之後，人們會認為老爺是因好女色，才會有從他而死的妾，這就有損我家老爺的清譽了！」於是，她寫了一首回答白居易的詩，然後絕食而死。

以下我擬就關、白二人的詩略作分析：

樓上殘燈伴曉霜，獨眠人起合歡床。
相思一夜情多少，地角天涯未是長。

北邙松柏鎖愁煙，燕子樓中思悄然。
自埋劍履歌塵散，紅袖香銷已十年。

適看鴻雁岳陽迴，又睹玄禽逼社來。
瑤瑟玉簫無意緒，任從蛛網任從灰。

——關盼盼〈燕子樓詩〉

這就是流傳千古的關盼盼〈燕子樓詩〉，三首各自獨立，皆哀怨婉轉，愁苦中蘊含至死不渝的執戀情愫。

第一首以夜為背景。「樓」當然是燕子樓，在這令人不忍離去的樓中，燈已殘，曉霜已降，難挨難渡的漫漫長夜總算要過去了，整個夜晚，「我」孤單的躺在合歡床上，一夜不能成眠，輾轉反側，總因對「你」不盡的思念，這相思之情如何來丈量呢？即使是「地角天涯」，想亦不及它綿長吧！

「霜」的出現，讓我們感覺到這夜的冷寒，「曉」是個時間詞，加上「燈」殘，可以知道，這樓中人整夜未曾熄燈。這樣的夜晚，孤寂冷冽，映襯出的是詩中主角的殘生與殘情。

第二首一開始便出現死亡意象，「北邙」原是洛陽北邊的一座山，那也是一座廣大的墳場，後遂被用以代稱人死後葬身之所。在墓地，長青的松柏間繚繞著愁煙慘霧。「鎖」字的出現，代表情感的封閉，這是心態問題。關鍵在於她所愛的人已長埋泉下，所以「北邙松柏」與「燕子樓中」實是幽冥兩隔。

先前，死其所愛的傷痛，至今猶隱隱作痛，在樓中悄然的氛圍裡，會是永遠的思念吧！想想，自從劍、鞋等歌舞配具隨夫「長埋地下」，決意不再歌舞，那鮮紅亮麗的衣裳散失香味至今已經十年了。

十年，不算短的日子，尤其是對於一個守寡的年輕女性來說，那當然是漫長歲月了。我們要知道，關盼盼原是能歌善舞，所以，這裡的「埋履劍」、「歌塵散」、「紅袖香銷」皆表示她在心裡認為十年之前的那個「我」已隨張尚書死去。

第三首寫春秋代序、物換星移以後的一種心境，前兩句主要是指時間，才剛看過鴻雁飛到岳陽回轉北方，又看著玄禽（指燕子）在即將春社（社日，祭祀社神之日，在春秋二季）的時候飛來了。這裡以兩種南來北往的候鳥來呈現時間之飛逝。

後兩句是指心境：在如此的時間之流中，生活過得極其索然，當年終日陪伴在身邊的瑤瑟、玉簫等，皆無心去關懷了，任它們爬滿蛛網，任它們蒙滿灰塵了。

綜觀三首，一切都只是為了思君，思君真會令人老啊！十年就這樣過去了。

滿窗明月滿簾霜，被冷燈殘拂臥床。
燕子樓中霜月夜，秋來只為一人長。
鈿暈羅衫色似煙，幾回欲著即潸然。
自從不舞霓裳曲，疊在空箱十一年。
今春有客洛陽回，曾到尚書墓上來。
見說白楊堪作柱，爭教紅粉不成灰。

——白居易〈燕子樓〉

此三首詩有〈序〉敘寫緣由，前面關於盼盼絕食始末部分，資料來自於此，茲不再錄。

白詩乃次盼盼原韻，前二者擬她心境，首先言其長相思：在燕子樓中，在有霜有月之夜，燈已殘、被仍冷，置身於此，焉得不惆悵仍依舊，整個的秋天，只為了他，便漫長得如此令人難過；然後，便落在過去與現在情境的對比上，尚書仍在的時候，著那鈿暈羅衫，輕歌妙舞霓裳之曲，如今那亮麗的色澤，已如煙如霧，一片迷茫，好幾次從箱中取出，想重新穿上，尚未著裝，淚已潸然，算一算，它們疊在空箱中，已被冷落十一年了。

後面一首微諷盼盼，他說：今年春天，有朋友回到洛陽，曾經到過張尚書的墳墓去憑弔（張尚書死後，歸葬洛陽），他告訴我說，尚書墳墓上的白楊樹已經長得很高大了，然而，他當年身邊的那些美女卻沒有一個為他殉情。言下之意，當然是在說盼盼，他另有一詩〈感故張僕射諸妓〉：

黃金不惜買娥眉，揀得如花三四枝。
歌舞教成心力盡，一朝身去不相隨。

詩是直敘，意旨甚明。白居易的立意顯然不對，在盼盼，是守情不移，且不願因「從死」而污染張尚書的清譽，不只是一種道義，而且是愛的堅貞，然而白居易卻站在不同的角度思考，他認為盼盼應當隨張尚書而去，才是貞婦，終於「逼死」盼盼，讓她委屈以終，有過失殺人的嫌疑。

關盼盼臨死之前，有詩回答白居易以自表心態：

自守空房恨斂眉，形同春後牡丹枝；
舍人不會人深意，訝道泉臺不去隨。

其實，白居易所感的是「諸妓」，但尚書原有的三、四位美妓，唯盼盼獨留，所以等於是盼盼一個人要承擔這「不相隨」之「罪名」，結果也確實如此，她以絕食而死表示自己的被誤會。

此詩次〈感故張僕射諸妓〉原韻，而且緊扣其原詩之意，是以詩作覆，她說：自從我獨守空房之後，眉宇收斂，含哀含恨，就形同春天過後的牡丹枝一樣，憔悴損，不堪看了；然而白舍人卻不曾理會我的心意，驚訝地說我不願相隨夫君於九泉之下。

盼盼之死，白居易確有責任，但是，他不應負全部的責任，因盼盼早就「心死」了。

整個事件就這麼結束了，白居易沒再續寫盼盼之死，也許他會自責，也許會同情起盼盼來。不過，這些都不重要了，重要的是因著白居易，關盼盼千古留下美名了，那堅貞卓越的生命形態，永遠令人感懷。

倚樓空綴悼亡詩

——韋莊哭姬的哀痛之情

韋莊（八三六——九一〇），字端己，長安杜陵（今陝西省長安縣東南）人，著有《浣花集》，是晚唐一位重要詩人，曾以一首長篇敘事詩〈秦婦吟〉為時所重，他經由一位秦婦的口吻，表現了黃巢佔領長安時期的悲慘情景，血淚交織，為歷史寫下證言。

在《浣花集》補遺中，有〈姬人養蠶〉、〈贈姬人〉、〈悼亡姬〉以及〈獨吟〉、〈悔恨〉、〈靈席〉、〈舊家〉等詩，都是針對一個特定對象「姬人」。「姬人」就是妾，用今天的話來說便是姨太太或小老婆。《古今詞話》中說：「莊有寵人，資質豔麗，兼善書翰。」對於這麼一位佳人，韋莊想必是寵愛有加，用情至深。在一首題為〈悔恨〉的悼亡姬詩裡有這麼幾句：「六七年來春又秋，也同歡笑也同愁；纔聞及第心先喜，試說求婚淚便流。」非常明顯，在他們相處的六、七年中，兩人很能同憂共喜，詩中提到「及第」、「求婚」，依詩意則姬當亡於韋莊及第之後的短時間內，韋莊及第是在昭宗乾寧元年（八九四），時他已五十八歲，往上推六、七年，那麼韋莊和她開始在一起時已是五十初度矣，而他的姬人呢？可能只是及笄之齡吧？

以下我們先看韋莊的〈姬人養蠶〉、〈贈姬人〉二首，應可從其中體會出他們「也同歡笑也同愁」的一些狀況：

昔年愛笑蠶家婦，今日辛勤自養蠶。
仍道不愁羅與綺，女郎初解織桑籃。

莫恨紅裙破，休嫌白屋低。
請看京與洛，誰在舊香閨？

〈姬人養蠶〉一開始便對比了今昔情境，說她從前總愛笑那些養蠶人家的婦女，笑些什麼呢？想來是指她們總為別人而忙，而自己卻羅綺不及身，可是如今她卻辛勤養起蠶來。這前後的差距，到底是為什麼？唯一可以解釋的是，家境轉貧了，然而她卻仍然說如今仍不愁沒有羅綺那些珍貴的衣物，言不愁，實是為了寬蘭的籃子。

憂，也必得到這個時候，這年輕的女孩才初度了解織布這回事，以及桑葉和裝

〈贈姬人〉的對比性也很強，韋莊對著心愛的人有一份慰藉，他說：不要怨恨美麗的紅裙已破已舊！不要嫌我們住的房屋（白屋，指貧賤者所居）又低又陋！妳放眼看看整個的長安和洛陽，有幾家的婦女仍然住在以前的香閨裡？這詩的背後顯然有一個大的時代背景：廣明亂後（唐僖宗廣明年間，黃巢之亂）兩京殘破，大唐帝國至此，氣數將盡矣。

這兩首詩都非常生活化，雖非兩情繾綣，在無奈與調侃中自有幾分的憐惜與慰安。

對於姬人，韋莊既寵愛有加，所以一旦姬人死去，可想而知，他必然哀毀骨立，四首悼亡姬之作足為明證。

〈悼亡姬〉七律一首，一開始，便以「鳳去鸞歸」比喻姬亡，鸞鳳一旦歸去，蹤跡杳然，自然是「不可尋」了；以傳說中坐落於八方巨海中，神仙所居的「十洲」，暗指姬亡之後所歸之所，從人間至十洲是條遙遠的「仙路」，「彩雲深」，更加深了欲尋之困難，基本上這是幽冥兩隔的痛苦與無奈。

二聯「若無少女花應老，為有姮娥月易沉」，是寫姬亡後的變化，採取譬喻的

方式，意思是說：如果沒有少女相陪相襯的話，花應會迅速萎謝，因為是有了嫦娥，月亮便容易沉落。「花應老」、「月易沉」純然是心裡感覺，關鍵只在失其所愛。

三聯「竹葉豈能消積恨，丁香空解結同心」，竹葉是酒，丁香是花。言心頭積恨甚深，豈是醇酒所能消除的；丁香結原是固結不解，如今同心之結已然解，這正是他心頭積恨的恨因。

尾聯「湘江水闊蒼梧遠，何處相思弄舜琴」用了舜的兩個典故：

> 舜南巡狩，崩於蒼梧，二妃（堯之二女娥皇、女英）奔赴哭之，隕於湘江，遂為湘水之神。
>
> ——袁珂《山海經校注》

> 昔者舜作五弦之琴，以歌南風。
>
> ——《禮記．樂記》

韋莊寫二妃奔喪，惟湘江水闊，欲渡也難，而蒼梧仍遠，心緒茫茫，思念既深，調弄舜琴，以寄其悲其痛。韋莊明用此典，以其悲痛之情與己正同。

〈獨吟〉亦七律，詩如下：

默默無言惻惻悲，閑吟獨傍菊花籬。
只今已作經年別，此後知為幾歲期。
開篋每尋遺念物，倚樓空綴悼亡詩。
夜來孤枕空斷腸，窗月斜輝夢覺時。

前首全篇用典以喻，充滿暗示，此詩幾全白描，惻惻獨吟，基調悲楚。首聯就「獨吟」二字發揮，托顯出一個行吟菊花籬畔的孤獨形象；次聯「經年」二字表示姬死久矣，到如今，分別已數載，自今而後，他自知已無多少歲月。然而即便是姬死多年之後，他每每打開箱篋，去搜尋她所遺留下來的物品；每一次倚樓，便織綴起悼亡之詩來了。不管是目睹遺物，或是寫起悼亡詩，莫不是悲不能自已。

而最最令人難忘的，是夜來時候了，孤枕獨眠，一想起她，人就肝腸寸斷，每每懷抱悲傷睡去；夢醒之際，月光仍斜斜照進窗來。

只這兩首，即可看出韋莊那哭姬的哀痛之情了。

相看猶不足，何況是長捐

——梅堯臣對髮妻的深情

宋朝的歐陽修是一個了不起的文學家，無論是在詩或散文上面的成就是有目共睹的，他的名氣之大，當代無出其右者，但終其一生，卻非常佩服另外一個詩人，那就是梅堯臣。

梅堯臣，字聖俞，號宛陵先生。他的一生，「累舉進士，輒抑於有司」，可謂仕途坎坷，而歐陽修卻認為梅堯臣就是因為窮且困，在詩藝上的表現才會那麼傑出，所謂「窮者而後工」是也。

梅堯臣的詩究竟「工」到什麼地步？究竟有什麼重大的歷史意義與價值？他的個體生命與詩生命之間的關係究竟如何？凡此種種，都不是這裡想探討的。本文主要是透過梅堯臣在髮妻死後所寫的一些悼亡和懷念之詩，來探索他對於髮妻的深情。

梅堯臣二十六歲的時候（北宋仁宗天聖五年，一〇二七）和小他六歲的謝家小姐在京師結婚，謝小姐的父親名濤，大哥名絳，皆在朝為官，家世顯赫。謝絳，字希深，與范仲淹同榜進士，他和堯臣很要好。

對於堯臣而言，謝氏真是賢妻，治家有法，雖貧而怡然，能條分縷析天下事，也能品評堯臣所交朋友的賢愚高下，秀外慧中，極得堯臣深愛，夫妻二人，相敬如賓，鶼鰈情深。景佑二年（一〇三五）堯臣任建德（在浙江）縣令，秋冬之間有〈往東流江口寄內〉及〈代內答〉二詩，在前首詩裡，寫他隻身搭船，「來至碧江頭」，途中不斷興起愁思，其愁是因看到雌雄翠鳥，呼鳴不已，比翼雙飛，「而我無羽翼，安得與子遊」，這個「子」當然是第二人稱「妳」，對於無法攜伴而遊，他表示了一種無力之感。此詩〈寄內〉，他又寫了〈代內答〉，設身處地，從妻子的觀點寫夫妻情感：

結髮事君子，衣袂未嘗分，
今朝別君思，歷亂如絲棼。
征僕尚顧侶，嘶馬猶索群，
相送不出壼，倚楹羨飛雲。
日暮秋風急，雀聲簷上集，

併作千里愁，愁急翻成泣。

大意是說，自從結髮為夫妻，歲歲年年的服侍您，就未嘗有過離別，如今這與您分別的思緒，正紛亂如絲呢。想想，一些出征的人都還能親自照顧著他的伴侶，您為何不能帶我同行呢？那孤獨嘶叫著的匹馬，都還邊鳴邊找尋牠的族群，更何況是人呢？您走的時候，我送您都沒有走出房門（壼，女子所居也），倚著柱子，凝望天空飄浮的白雲，真羨慕它們的自由自在。這時，天色將晚，蕭颯的秋風急速地吹著，屋簷上群集的雀鳥吱喳亂叫，這一切合併化成我的千里哀愁，愁得著急了，我於是便低低哀泣起來。

從妻子的角度來寫對於出門在外夫君的思念，必有濃厚的愛情做基礎，梅堯臣對於妻子的深情於焉可見。

宋仁宗慶曆四年（一〇四四）五月，四十三歲的梅堯臣從湖州解「監鹽稅」官，先回故里安徽宣城小住月餘，再攜家帶眷前往京城，在七月七日那天，妻子謝氏病死於江蘇高郵的三溝（時年三十七），堯臣傷慟異常，頻頻以血淚文字表示他對亡妻的思念之情，最著名的是〈悼亡三首〉：

結髮為夫婦，於今十七年，
相看猶不足，何況是長捐。
我鬢已多白，此身寧久全？
終當與同穴，未死淚漣漣。

每出身如夢，逢人強意多，
歸來仍寂寞，欲語向誰合？
窗冷孤螢入，宵長一雁過，
世間無最苦，精爽此銷磨。

從來有脩短，豈敢問蒼天？
見盡人間婦，無如美且賢！
譬令愚者壽，何不假其年？
忍此連城寶，沉埋向九泉？

悼亡詩原只是為死去的人而寫，但從晉代詩人潘岳曾以三首〈悼亡詩〉哀其亡妻以後，便習慣被指稱喪偶的哀詩。這種詩是必哀無疑，因為寫詩的人是在死其所愛的情況下寫出來的，追憶過去的恩愛，敘述此刻的形單蕭條，整體表現出巨大的痛苦哀愁。

梅堯臣的悼亡，當然也不能例外。

在第一首裡，他說：打從結髮為夫妻到現在，在十七年之中，彼此相看都嫌時間過於短暫，更何況是死別呢！如今我兩鬢已斑，此身難道能長久保全嗎？最終是要和妳同葬一穴的，想到妳離去，而我猶在，只能不停地哭泣了。

在第二首裡，他說：每一出門，我這身便彷彿是在夢中，遇著相識的人，強自歡笑，努力壓抑痛苦的情緒，而歸來以後，仍然寂寞不堪，心裡有話要向誰說呢？夜裡，守著這空曠的屋子，冷窗有孤螢飛入，長夜漫漫，一隻孤雁掠過窗外，發出淒厲的叫聲。這人世間已經沒有什麼比這個還要苦的事了，我的精神也因此而銷磨殆盡了。

第三首用一連串的疑惑來傳達他內心的痛苦，他說：生命原來就有長有短，我豈敢責問上天，為什麼要那麼早奪去妳的生命？我看盡人間許許多多的婦女，沒有人像妳那麼美麗、賢淑！不過假如要讓一些愚昧之人活得長久，為什麼不多給妳一些歲月呢？如何忍心讓像妳這種價值連城的稀世珍寶，向九泉之下永遠沉埋呢？

三首詩皆用語自然，不假雕飾，而用情之真之深，實同類詩中的佳作。

從此之後，大致五年的時間，梅堯臣每一次想到亡妻，都悲痛萬分：「平生眼中血，日夜自涓涓」（〈淚〉）、「兩眼雖未枯，片心將欲死」（〈書哀〉），有一首〈懷悲〉寫他們夫妻婚後同甘共苦的情狀，「本期百歲恩，豈料一夕去」，字字血淚。

這一類表示對亡妻傷悼之情的作品很多，除上面所舉的以外，尚有〈秋日舟中有感〉、〈新冬傷逝呈李殿丞〉、〈正月十五夜出迴〉、〈七夕有感〉、〈棋澗晝夢〉、〈靈樹鋪夕夢〉、〈憶吳松江晚泊〉、〈丙戌五月二十二日晝寢夢亡妻謝氏……〉、〈悲書〉、〈麥門冬內子吳中手植……〉、〈梨花憶〉、〈戊子正月二十六日夜夢〉、〈寄麥門冬於符公院〉、〈八月二十二日迴過三溝〉等，是「夢」，當然是夢亡妻；是「憶」，當然是憶過去的恩愛；是「傷」是「悲」，當然是因妻亡而傷悲。以下我特別舉出和謝氏之死的時間和地點有關的兩首絕句：〈七夕有感〉和〈八月二十二日迴過三溝〉。

前詩作於慶曆五年（一〇四五），此年七夕正好是謝氏的周年忌，詩如是：

去年此夕肝腸絕，歲月淒涼百事非。
一逝九泉無處問，又看牛女渡河歸。

「去年的今夕，因為妳的遽然死去，我肝腸寸斷。這一年來，只是感到萬般淒涼，百事皆非。妳一旦逝世，生死兩茫茫，妳在九泉之下，我無處可探尋妳的消息；而如今，又是牛郎織女相會的七夕，而我們呢？」

後詩作於慶曆八年（一〇四八），八月二十二日這天，他又經過三溝，這裡正是謝氏辭世之地，這教他如何不悲慟萬分呢？

不見沙上雙飛鳥，莫取波中比目魚。
重過三溝特惆悵，西風滿眼是秋蕖。

「沙灘上雙飛之鳥已不見蹤影了，可別再釣取水中的比目之魚。重過三溝，尤其特別感到惆悵，這時，在瑟瑟西風中，所見的全是秋天的荷花。」

三溝是梅堯臣的傷心地，如今重過，自是惆悵仍依舊，緣由是昔日總成雙，而今也孤獨，滿眼荷花，一片蕭條，人生到此，堪悲矣。

多情的梅堯臣，揮不去亡妻的身影，縱使是再娶之後，依然是夢魂牽繫（戊子正月二十六日夜夢），謝氏地下有知，當會感念，她可以瞑目矣。

沈園柳老不飛棉

——陸游詩中所表現的愛的痛苦

陸游的一生幾乎全在痛苦中，探求其根源，無非是王師北定中原的希望逐漸渺茫，另外就是在無可奈何的情況之下被迫和所愛的人離婚。

陸游與元配夫人唐琬女士婚姻的破碎，在古代是一個哀淒感人的故事，同時東傳日本，被一位著名的作家幸田露伴（一八六七～一九四七）寫成一部歷史愛情小說《幽祕記》。

根據資料顯示，陸游在宋高宗紹興十四年（一一四四）的春天應試落第，夏秋之間娶唐琬入門，那年他正好二十歲。唐琬的父親唐閎和陸游的母親是兄妹，換句話說陸游和唐琬是表兄妹，按理來說，這樣的親上加親，應是一件好事，但不幸的是，唐琬卻得不到婆婆的歡喜，硬是逼著兒子把媳婦給休了，時間是高宗紹興十六年。

兩個青梅竹馬的表兄妹，婚後伉儷情深，卻只度過兩年的甜蜜歲月。關於唐琬不受婆婆喜愛的原因，宋人劉克莊說是「二親恐其惰於學也，數譴婦，放翁不敢逆尊者意，與婦訣」，說或可信。至於他種說法，皆查無實據，但不管怎樣，陸游與唐琬相當恩愛是事實，陸游出妻也是事實，有人乾脆說這是「舊禮教下的悲劇」。

據說兩人離婚以後，陸游還把唐琬安排在一個隱密的地方，暗地裡仍時相會面，但被母親發現，終於不得不真正分手了。

次年，陸游續娶一位王姓女子，唐琬也改嫁給同郡的宗子趙士程，真是個：男婚女嫁，各不相干了。

各不相干了嗎？事實並不盡然，對於陸游來說，數不盡的思念，都寄託在詩詞之中了。

以下就讓我們來看看陸游懷念唐琬的詩詞，當然不能不先談那首膾炙人口的〈釵頭鳳〉。

宋高宗紹興二十五年（一一五五）

這一年，陸游三十一歲，距離和唐琬離開已近十年。春天，他來到了禹跡寺（在浙江會稽）南邊的沈園，合該是他要吞噬著殘情的苦楚，在這裡他遇上了唐琬與趙士程，趙士程擺下酒肴宴請他，陸游悲愁悵然，寫下了〈釵頭鳳〉詞：

紅酥手，黃縢酒，滿城春色宮牆柳。東風惡，歡情薄，一懷愁緒，幾年離索。錯！錯！錯！

春如舊，人空瘦，淚痕紅浥鮫綃透。桃花落，閑池閣，山盟雖在，錦書難託。莫！莫！莫！

由於這闋詞被譜上曲子，被歌唱著，現代許多人都耳熟能詳。短短上下兩片，從過去寫到現在、從喜到悲，可以說是陸游與唐琬愛情生活的縮影。

前三句寫那如膠似漆的新婚後的甜美，在追憶中，夫妻小兩口歡喜地趁著怡人春色出外旅遊，在一道宮牆旁邊，在柳蔭之下，唐琬那紅嫩細緻的玉手，端著一杯黃縢酒。此情此景，必然令陸游畢生難忘。然而，這歡愉的日子並沒多久，就發生了變化，關鍵是「東風惡」。很顯然的，這惡東風暗指他的母親，猶如「姑惡」（陸游後有〈夏夜舟中聞水鳥聲，甚哀，若曰姑惡，感而作詩〉、〈夜聞姑惡〉，「姑惡」是一種鳥，以聲命名，一語雙關，亦指婆婆兇惡），所以，導致恩愛夫妻，歡情轉薄，他也就一直都滿懷愁緒，難遣這被迫拆散姻緣的悲痛，幾年來便如同過著離群索居的日子，這究竟是誰的錯呢？錯得如此令人難以忍受。

原先是「滿城春色」，如今是「春如舊」；原先是「紅酥手」，而今卻是「人空瘦」。這前後的強烈對比，彷彿要挖去他的心肝似的，他想：她必然經常淚濕絲帕吧！

此刻，桃花已落，池閣也冷落起來了，一片蕭瑟景象，恰如內心的悲淒，想起當年的山盟海誓，音聲還在耳際，清晰地銘印五內，然而，天可憐見，竟連一封慰問的書信都難以交付給她。

這時的陸游，情緒之激動是可以想見，然而，仍得壓抑呢！當年的愛妻，如今在他人身邊，想來也只能仰天嘆息，唉，算了吧！算了吧！

根據前人的記載，陸游將此詞「題園壁間」（元人周密《癸辛雜識》），「唐見而和之，有『世情薄，人情惡』之句，未幾，怏怏而卒，聞者為之愴然」（明人蔣仲舒《堯山堂外紀》）。

唐琬所和的〈釵頭鳳〉亦極悲淒，錄下以作參考比較：

世情薄，人情惡，雨送黃昏花易落。曉風乾，淚痕殘，欲箋心事，獨倚斜欄。難！難！難！

人成各，今非昨，病魂常似秋千索。角聲寒，夜闌珊，怕人尋問，咽淚妝歡。瞞！瞞！瞞！

（案：秋千，即鞦韆。）

宋孝宗淳熙十四年（一一八七）

這一年陸游已六十三歲，有詩〈余年二十時，嘗作菊枕詩，頗傳於人，今秋偶復采菊縫枕囊，淒然有感〉：

采得黃花作枕囊，曲屏深幌閟幽香。
喚回四十三年夢，燈暗無人說斷腸。

少日曾題菊枕詩，蠹編殘稿鎖蛛絲。
人間萬事消磨盡，只有清香似舊時。

「黃花」即菊花，采菊花裝枕頭，在擺設有曲線美麗的屏風以及垂簾的臥室中，散發出淡淡的幽香，這香氣令他追憶起四十年前的往事（陸游二十歲），那時仍是新婚，（她曾為我裝好一個菊枕），思及此，面對眼前這黯淡的燈光，無人可以傾訴這如斷腸般的苦痛啊！然後，他憶起昔日年輕時曾寫過〈菊枕詩〉，稿已黃舊，蠹蟲已生，而且爬滿蛛網。稿殘正所以情殘，「鎖」字又代表一種情感的封閉，這和少時題〈菊枕詩〉的心境真有天壤之別，顯然已是萬念皆灰，卻仍有舊時的清香勾引起他的慘痛記憶。

宋光宗紹熙三年（一一九二）

六十八歲的陸游，在這一年的重陽節之後，又來到了禹跡寺南的沈園了，有詩〈禹跡寺南有沈氏小園，四十年前嘗題小闋壁間，偶復一到，而園已易主，刻小闋於石，讀之悵然〉：

楓葉初丹槲葉黃，河陽愁鬢怯新霜。
林亭感舊空回首，泉路誰憑說斷腸。
壞壁醉題塵漠漠，斷雲幽夢事茫茫。
年來妄念消除盡，回向神龕一柱香。

記載中說：放翁「晚歲每入城，必登寺眺望，不能勝情」，遠眺都不能勝情，更何況是親臨其境，物換星移幾度秋，傷心人怎堪這觸景的撞擊！

重陽之後，秋已深了。詩一開始便是這季節的蕭瑟，設色鮮明強烈：葉紅、葉黃；白髮、白霜。一個「怯」字傳達出陸游此刻的心理狀態，有色彩的聯想以及時間的感覺，筆力精到。

接著便是物是人非的慨嘆，是生死兩茫茫的悲哀，「誰憑說斷腸？」無處訴說，只有壓抑了。然後他凝視那已剝損牆壁，當年醉題〈釵頭鳳〉的情景又再現眼前了，如今壁已壞，題詞字上蒙滿塵埃，不堪看！前塵往事，夢與真實，一切都茫茫然了。

寫到這裡，陸游畢生的痛苦彷彿就要因壓抑凝結到極點而迸發了，但是沒有，畢竟已非年輕氣盛之時了。

宋寧宗慶元五年（一一九九）

從紹熙三年（一一九二）開始，陸游回到山陰故里，奉祠居家，數年之間足不至府城。沈園，那個令他斷腸之地，由於空間距離的接近，自然成為他流連的地方。

這年，陸游已七十五高齡，年輕時代的愛情經驗仍那麼強烈地盤據在他的思維之中。春天時，他又來到沈園，寫下悲淒的兩首〈沈園〉七絕：

夢斷香銷四十年，沈園柳老不飛棉；
此身行作稽山土，猶弔遺蹤一泫然！

城上斜陽畫角哀，沈園非復舊時臺；
傷心橋下春波綠，曾是驚鴻照影來！

「夢斷香銷」當然是指唐琬的去世，到如今已有四十年了（唐琬約逝於紹興三十年，一一六〇），時間並沒有治癒他情感上的創傷，現在又來到沈園，沈園已是「柳老不飛棉」了，「柳老」正足以顯示人老，「不飛棉」的感傷，何嘗不是暗指因衰老而消失了飛揚的豪情。這時，他很自然想到死亡，此身已行將化作稽山下的泥土了，然而，卻仍在這裡哀弔當年的「遺蹤」，思前想後，不禁老淚縱橫矣。

城牆上，這時猶殘留著夕陽的餘暉，畫角之聲，哀淒地傳來，在傷心人的視覺裡、聽覺中，今昔強烈的對比便有了物是人非的悲愁，沈園依舊是沈園，然而，舊時堪賞堪樂的臺閣，再也不復當年的情景了。更令陸游傷心的，是橋下那一泓碧綠的春水了，只因它曾照映過她如凌波仙子般輕盈美麗的身影啊！（此橋俗名「羅漢橋」，後人因此詩而在橋頭額刻上「春波」二字。）

我們可以這麼說，對於陸游，終其一生，沈園都是他痛苦的根源。

宋寧宗開禧元年（一二〇五）

十二月二日，陸游夜夢遊沈氏園亭，有詩：

路近城南已怕行，沈家園裡更傷情；
香穿客袖梅花在，綠蘸寺橋春水生。

城南小陌又逢春，只見梅花不見人；
玉骨久成泉下土，墨痕猶鎖壁間塵。

根據趙翼《甌北詩話》的統計，陸游計有九十九首記夢之詩。祖國河川頻入夢，如「忽夢行軍太行路，不惟無想亦無因。」（〈記夢〉，作於八十一歲）、「忡人忽入夜來夢，意氣尚如年少時」（〈記夢〉，作於八十二歲），當然是因現實生活中有無法實現的願望——王師北定中原，所以，只好寄託於夢境。至於夜夢遊沈氏園亭，其夢因不言可喻。

沈園在山陰城南，陸游路近城南而怕行，顯然是情怯，更何況是到了沈園呢，當然是「更傷情」了。夢中的沈園，有梅花的暗香襲穿客袖，春水已生，寺橋一帶已染綠色（以物沾水曰蘸，音ㄓㄢˋ）。這兩句似乎純是景象描述，卻有情在焉，一來陸游對梅花自有一份深情，「何方可化身千億？一樹梅花一放翁」（梅花絕句六首之一）可為明證；再者是這橋與春水皆惹人傷感，前引詩「傷心橋下春波綠」足可證明。

第二首前半延續前首的情懷，後半翻出陳年往事，觸目依然驚心，「玉骨久成泉下土」指唐琬已死久矣，「墨痕猶鎖壁間塵」無疑是指紹興二十五年題〈釵頭鳳〉詞於沈園壁間之事，意同於紹熙三年的「壞壁醉題塵漠漠」，觸景生情，昔日經驗湧現後集成此刻巨大的悲愁。

宋寧宗開禧二年（一二〇六）

路近城南已怕行，城南已不只是一個地理意義，對於年老的陸游來說，那是悲傷的另外一個名稱。開禧二年的九月，陸游寫了一首〈城南〉七絕：

城南亭榭鎖閑坊，
孤鶴歸來只自傷；
塵漬苔侵數行墨，
爾來誰為拂頹牆？

詩一開始也是〈釵頭鳳〉裡「閑池閣」之意，「鎖」字代表一種情感的隔絕，「閑」字則意味著清淡、蕭條，面對這樣的一種情境，陸游「歸來只自傷」，於此他自況「孤鶴」，多少有點孤雲野鶴之意，可能與他此時雖復致仕卻居家有關。

「塵漬苔侵數行墨」亦指壁上題詞，五十年前的事了，於他卻是悲痛仍依舊，時間無情，也許會覆蓋，甚至於消滅壁上墨跡，然而，恆不變的是詩人刻骨銘心的情感。

「爾來誰為拂頹牆」傳達出兩種訊息：其一，陸游已自認來日無多；其二，可見他前此每次來此，都拂拭牆上墨痕上的塵埃或青苔。

宋寧宗嘉定元年（一二〇八）

這年，陸游已是八十四歲了，距離他逝世（嘉定三年，一二一〇）只有兩年，春天時，他再遊了一次沈園，有〈春遊〉詩：

沈家園裡花如錦，
半是當年識放翁；
也信美人終作土，
不堪幽夢太匆匆！

寫至此，不禁要嘆：人間何處覓放翁？自始至終，唐琬皆如影隨形般地跟著他，揮之不去，喚之不來，就這樣成為他一生痛苦的回憶。

此詩的時間背景亦和他懷念、哀悼唐琬的詩詞一樣皆是春天，也是今昔強烈對比，也是哀怨恨嘆。

陸游寫唐琬，時間前後持續五十幾年，那情，真正可說是至死不渝，令人感動。然而，就這些詩的表現手法來說，重複之處甚多，殊少翻新，卻也難怪他會如此，因為他的情感始終不變，堪稱永恆的痛苦。

紅粉飄零我憶卿

——吳偉業寫卞玉京

晚唐詩人杜牧「夜泊秦淮近酒家」，有「商女不知亡國恨，隔江猶唱後庭花」的喟嘆。這秦淮河橫貫南京（金陵），河中畫航穿梭，兩岸珠簾印水，畫棟飛雲，鶯鶯燕燕，歌舞不絕。在這裡，多少人曾一擲千金，流連忘返；多少人曾有過悲歡離合，或者令人欣羨，或者令人一掬同情之淚。

明朝末年，這都會之地的金陵，風月盛況，獨步中國，出現的名妓，可以說不勝枚舉，最著名的有陳圓圓、董小宛、柳如是、顧眉生、李香君、卞玉京等，皆是名滿天下，而且傳之後代；名滿天下是因她們的美色、才藝以及待客之道，至於流傳久遠，則是因為她們和當代文人的交往，甚至被寫入文學作品中的原因，譬如陸次雲有《圓圓傳》、吳偉業有《圓圓曲》；董小宛嫁冒辟疆，冒且作《影梅庵憶語》，寫二人的愛情生活，纏綿悱惻，極其感人；柳如是嫁錢牧齋；顧眉生嫁龔鼎慈；李香君與侯方域交好，有孔尚任《桃花扇》詳述其事；卞玉京愛吳偉業不果，吳有詩數首以記之。

本文主要要談吳偉業與卞玉京，其餘諸人只好略過。

吳偉業（字駿公，號梅村）是與錢謙益（牧齋）齊名的清初大詩人，他原在明朝當官，甲申（一六四四）之變，崇禎皇帝自縊殉難，他悲慟欲自絕，被家人發現，得免一死，福王即位南京，他接受徵召，但與權臣馬士英、阮大鋮不和，乃掛冠拂袖歸鄉里，「一意奉父母歡」，後來在極不得已的情況下，受清廷徵召為「秘書院侍講國子監祭酒」，因此而被列入貳臣傳，背上了不忠的罪名。

至於卞玉京，根據吳梅村〈過錦樹林玉京道人墓〉的序以及《梅村詩話》中的記載，我們知道，她原名「賽」，字雲裝，為秦淮名妓，與陳圓圓、董小宛等是姊妹淘，梅村說她：明慧絕倫；知書工小楷，書法逼真黃山谷；能畫蘭；能琴，妙得指法；能詩，好作小詩；所居嚴淨無纖塵；雙眸泓然；日與佳墨良紙相映徹……

想來這卞玉京必然是色藝雙全，也不知曾風靡多少貴介公子，然而她與梅村一見，「遂欲以身相許」，梅村原也愛她，但他事母至孝，礙於母命，不敢答應，雖相互往來，卿卿我我，玉京終也只是秦淮河畔的鶯燕而已。

那是一個亂離的時代，時局的動蕩逼使他們分離，七年之後，永明王永曆四年（一六五一），在尚湖（江蘇省常熟縣西南），錢牧齋欲使他們相見，玉京雖至，卻以「痁疾驟發」為由而避之，梅村回憶那時的情景說：「屢呼之，終不肯出。生悒怏自失，殆不能為情，歸賦四詩以告絕，已而嘆曰，吾自負之，可奈何！」

這四首詩，便是後來收在《梅村詩集》中的〈琴河感舊〉。次年春天，玉京攜一婢來訪梅村，同遊橫塘（在南京市西南），她為梅村彈琴，泫然涕泣，時已著道人裝矣。

〈琴河感舊〉四首皆七言律詩，梅村並有〈序〉敘述當時情，淒惻哀惋，對於玉京當時不肯出來相見，他「知其憔悴自傷，亦將委身於人矣！」想到玉京，想到自己，想到過去，想到現在，易感的詩人不能不感慨萬千，不能不愴然涕下了，於是詩中便有愛有恨，含血帶淚了。以下就讓我們來讀這四首詩的前二首，以觀他們兩人的愛情。

白門楊柳好藏鴉，誰道扁舟蕩槳斜。
金屋雲深吾谷樹，玉杯春暖尚湖花。
見來學避羞團扇，近處疑嗔響鈿車。
卻悔石城吹笛夜，青驄容易別盧家。

這是第一首。詩題既標明「感舊」，無非便是撫今追昔，在今昔情境的對比中，多少惆悵，多少悔恨，便齊湧心頭。

詩一開始，典出古樂府〈楊叛兒〉：「暫出白門前，楊柳可藏烏」，白門即是金陵，「藏鴉」原指棲藏之鴉，此句表面上是說金陵此河（秦淮）兩岸楊柳茂密，是鳥絕佳的棲藏之所，誰知道駕船人卻是任意搖蕩雙槳，使得小船左傾右斜，便擾得鴉無處可藏身，四處亂飛了，兩句整個合成一個譬喻，說明卞玉京原是藏身在秦淮河畔眾多的歌樓酒館之中，卻沒想到因「我」這「船子」斜蕩雙槳，而驚擾了她原先平靜的生活。

次聯兩句出現兩個地名：「吾谷」與「尚湖」。此二處皆在江蘇常熟，與「琴河」靠近，拈出二地，是追憶過去在這裡的甜蜜情景：在雲深之處的「金屋」（取金屋藏嬌之意）裡，在溫暖的春天裡我們手持著「玉杯」，飲酒歡樂，有吾谷之樹、尚湖之花，可供我們賞玩，過著神仙情侶般逍遙自適、恩愛快樂的歲月。

而現在呢？「見來學避羞團扇，近處疑嗔響鈿車」主要是寫這一次她來時的情景，見她來，原本是一種期待，一種渴望，沒想到她竟學著晉朝那個手持團扇的謝芳姿，「羞與郎相見」，如果芳蹤無處覓也就罷了，而此刻距離得那麼近，卻又不得相見，心裡不免懷疑她的眼裡是否含憂帶怒，偏偏耳畔又響起她所搭來那華飾的香車的聲響，唉，又要離去了吧！

這就教梅村不能不悔恨了，後悔當年在「石城」（金陵）那個吹笛的夜晚，為何那麼輕易的就分離了呢？「青驄」是座騎，此處指自身；「盧家」可能來自沈佺期「盧家少婦鬱金堂」（寫一對年輕夫婦一別十載不得相見之苦），此處借指玉京所居（翠暖閣）。

油壁迎來是舊遊，尊前不出背花愁。
緣知薄倖逢應恨，恰便多情喚卻羞。
故向閒人偷玉筋，浪傳好語到銀鉤。
五陵年少催歸去，隔斷紅牆十二樓。

這是第二首，主要是寫玉京既來，卻託病不願相見之情。首句「油壁」是指車子，這種車是用油布蒙在車廂上，此處指玉京所坐，和上首「鈿車」相同，詩意是說迎來她所坐的油壁車，彷彿間便想起昔日出遊的狀況，而現在她卻不願出現在我們的酒宴之前（尊同樽，酒器），想必此刻正背著房裡的鮮花而暗暗憂愁吧。這裡的「背花」頗耐人尋味，花不管是待放或怒放，總是嬌豔動人，常代表女性的青春，如今假想玉京不敢面對鮮花，是知她「憔悴自傷」，其愁自是理所當然的了。

次聯「薄倖」指自身，「多情」則指玉京，《梅村詩話》嘗引此二句話：「此當日情景實語也。」梅村自覺薄情，所以知道若是相逢，玉京應有無限恨；恰好也是因著玉京多情，所以任憑梅村頻頻相喚而羞與出見，一方面是梅村深深自責，一方面是從玉京身上著眼言其恨其羞。

三聯用了兩個特殊的意象語：玉筋、銀鉤，玉筋即玉箸，原是玉製的筷子，玉色白，筷子成雙，古代常用以譬喻美人之淚，不過這裡不作淚解，應是指「玉筋篆書」（秦丞相李斯，變倉頡籀文，為玉筋篆書，前人所謂「李斯小篆類玉筋」是也），然而我們也不必硬要把它解為「小篆」，而是更彈性的視之為以美麗書體寫成的文辭或詩句等；至於銀鉤，字義是銀製簾鉤，代指垂簾（銀鉤亦為書法上術語，形容書體蒼勁有力，此二者用詞，顯然與玉京善書有關）。因此，「故向閒人偷玉筋，浪傳好語到銀鉤」的意思便是：所以，就向他人借（「偷」，於此作「借」解）得筆墨在紙上書寫我的心意，如浪一般（形容接連不斷）傳送一些好話到垂簾之中。無非是希望打動玉京，請她出來一見。

然而她終究還是沒有出來，不但如此，那些富貴的少年已頻頻催她歸去（「五陵」原指長安城北邊漢代五位皇帝的陵墓，其地頗多富豪，其子弟們冶遊風月場所，出手闊綽大方，在這裡只是代指常去捧卞玉京場的富家子弟），然而這一去，又是「隔斷紅牆十二樓」了，重點在「隔斷」二字，乃相對於上首的「近處」，指空間的遠離，「紅牆十二樓」不必特指什麼，我們把它當做是阻隔在二人之間的一些建築物。

大體來說，〈琴河感舊〉四詩，「聲律妍秀，風懷惻愴」（錢牧齋語），把吳梅村與卞玉京愛的痛苦，深刻地表現出來，「青衫憔悴卿憐我，紅粉飄零我憶卿」（此詩第三首），我我卿卿，總也是無奈至極了。

梅村寫玉京，除此之外，尚有詩〈聽女道士卞玉京彈琴歌〉、〈過錦樹林玉京道人墓〉、詞〈西江月〉、〈醉春風〉，皆美詞深情，基調傷楚，讀之令人低迴不已。

難換羅敷未嫁身

——黃仲則對於年少一段戀情的追憶

黃景仁（一七四九——一七八三），字漢鏞，又字仲則，是清代一位重要的詩人，才華洋溢，性格高傲，多愁善感，雖生當乾隆盛世，又有滿腹經綸，卻始終窮困潦倒，在冷酷的社會現實中備受折磨，終以三十五歲的壯年病死於為生活而奔走的途中。

在黃仲則現存的二千多首詩中，存有一些綺豔哀怨的情詩，其中有一組四首的〈感舊〉詩，是寫他年少時的一段戀情。一般來說，年少時涉世未深，情感單純，一段悱惻柔綿的戀情足以令人刻骨銘心，畢生難忘，尤其是在自由戀愛的風氣尚未形成的社會裡，如此的遭遇，如此的經驗，總教人夢魂牽繫，如若因著諸多主客觀因素，不得廝守相愛，當事人更要愛恨交加了。

仲則便是如此，那年他只十七歲（乾隆三十年，一七六五），剛補上一個博士弟子員，在宜興氿里這個地方，和一位姑娘相戀，詩人多情，自是生死相許，沒想到冬天時，仲則一離開宜興，他們就從此沒再見面，近代作家郁達夫在一篇題為〈采石磯〉的小說中曾有過這麼一段記載：

那時候仲則正在宜興氿里讀書，他同學的陳某、龔某都比他有錢，但那少女的一雙水盈盈的眼光，卻只注視在瘦弱的他的身上。他過年的時候因為要回常州，將別的那一天，又到她家裡去看她，不曉是什麼緣故，這一天她只對他暗泣而不多說話。同她癡坐了半個鐘頭，他已經走到門外了，她又叫他回去，把一條當時流行的淡黃綢的汗巾送給了他。這一回當臨去的時候，卻是他要哭了，兩人又擁抱著痛哭了一場，把他的眼淚，都揩擦在那條汗巾的上面。一直到航船要開將晚時候，他才把那條汗布收藏起來，同她別去。這一回別後，他和她就再沒有談話的機會了。……

小說家筆下自然會有許多虛擬的情節，與真實情況難免會有出入，但是其中的感情應該是相當真實，以下我將經由〈感舊〉四首的分析來加以印證。

大道青樓望不遮，年時繫馬醉流霞。

風前帶是同心結，杯底人如解語花。
下杜城邊南北路，上闌門外去來車。
匆匆覺得揚州夢，檢點閒愁在鬢華。

此詩寫從認識、相愛到分手的過程，大意是說，登上了大道旁華美的樓房遠眺，放眼望去，無遮無攔，想起那年樓前繫馬，酒宴中初識她時，美酒令人醉了（流霞，神話中的仙酒，此指美酒），她的裙帶飄拂於風中，上面正打著一個象徵著愛情的同心結，她的形貌映入杯底，有如解語花一般的嬌美，無可奈何的是，快樂的時光總是那麼短暫，我不得不離去了，就在城門之外，那個車去車來，馬路南北貫通之地，我揮手和她告別，此去經年，歲月何其匆匆，在揚州的情景已如夢中，檢點一下這些年的閒愁，彷彿便都集中在那早生的華髮之上了。

詩中出現幾個地名：下杜、上闌、揚州，前二者在長安郊區，於此用來說明分別之地乃在此城之郊，此城表面看來係指揚州，我看是未必，〈揚州夢〉用的是杜牧「十年一覺揚州夢，贏得青樓薄倖名」（遣懷）的典故，覯仲則上詩，有青樓，有醇酒（流霞），有美人（解語花），再加上以杜牧詩為典，可判斷這女子是個青樓女子，仲則年少風流，偶涉足風月場所，應是可能，而其涉世不深，和青樓女子相戀相愛，想必也不是不可能的。

換起窗前尚宿醒，啼鵑催去又聲聲。
丹青舊誓相如札，禪榻經時杜牧情。
別後相思空一水，重來回首已三生。
雲階月地依然在，細逐空香百遍行。

此詩寫舊地重遊。回首前塵往事的惆悵之情，詩意如是：昨夜酒醉，今晨在窗前被鳴叫的鳥聲喚醒，酒意仍未全然消退，有杜鵑啼叫一聲聲，彷彿催我快快趕去。昔日山盟海誓，猶存於如司馬相如所寫的優美書札之中，我身卻已如杜牧，在禪床上萌生空觀之情了；與卿別後，一水之隔有我不盡的相思，而今重來舊地，待回首，彷彿已過三生了；有雲霧繚繞的臺階，月光遍照的土地，一景一物都依然如故，那麼熟悉，我細細尋覓著已然消散的妳的芳蹤，一遍又一遍的走在我們曾經走過的地方。……

詩人用情至深，杜鵑催歸，其實是一己內心的願望，對於前塵往事的思索，徒興空寂心境，昔日的誓言猶在，相對於杜牧禪榻之畔的鬢絲之情，更顯得愛得淒楚，想起別後，雖只是一水之隔，卻必得忍吞相思之苦，面對昔日恩愛的諸多景物，年輕的詩人遂有一種蒼老、無奈的心情，宛如昔時一別，至今已是三生矣。

遮莫臨行念我頻，竹枝留涴淚痕新。
多緣刺史無堅約，豈視蕭郎作路人。
望裡雲彩疑冉冉，愁邊春水故粼粼。
珊瑚百尺珠千斛，難換羅敷未嫁身。

此詩前半四句全是設想之詞，「遮莫」二字有「或許」之意，「竹枝」句暗用湘妃哭舜之崩，淚成斑竹的神話典故，三句的「刺史」指杜牧，四句的「蕭郎」典出崔郊詩「侯門一入深似海，從此蕭郎是路人」（贈婢），整個意思是說：在那臨行（出嫁）之際，或許她曾頻頻念著我呢，傷心落淚，如湘妃泣竹般的苦楚，她多半是因為恨我如杜牧一樣沒有堅守信約，否則怎麼會視我如蕭郎一般的路人呢？

由於「蕭郎」的出現，可知這位女子已嫁為人婦，說不定也已入了深似海的侯門了。這時，有雲彩緩慢飄來，映入眼簾，疑是她輕盈身影緩緩向我走近，春水中蕩漾著粼粼波紋，引起我無限的憂愁，想到她已嫁人，縱有百尺珊瑚，千斛明珠，必也無法換取她未嫁之身了。

多情的詩人是否曾對她有過誓言，我們不得而知，細按詩意，總覺她之所以嫁人是相當無奈，或許是詩人無力下聘，以至於此，職是，詩一開始是「臨行」就不是指當初他們的分別，而是她臨出嫁時，也只有作如此解釋，整首詩才是統一完整的。

從此音塵各悄然，春山如黛草如煙。
淚添吳苑三更雨，恨惹郵亭一夜眠。
詎有青鳥緘別句？聊將錦瑟記流年。
他時脫便微之過，百轉千回只自憐。

「從此以後，分隔兩地，音訊杳然」，這個「此」當然指那年的分別。離別之後，常常望著如黛的春山以及似煙似霧的青青草原。為愛而哭，這吳地花園的三更夜雨，便彷彿是我泉湧的淚串，這教我如何不恨，然而這恨卻惹得夜宿郵亭（驛站的客館）的我，一夜不能成眠了。

後面四句連用三個典故，「青鳥」原是神話中西王母的使者，李商隱〈無題〉

詩用以代指男女之間傳遞情感的信使：「蓬萊此去無多路，青鳥殷勤為探看」，「錦瑟」亦出自商隱詩：「錦瑟無端五十弦，一弦一柱思華年」；尾聯用元稹（字微之）《鶯鶯傳》故事，記載中說：張生與崔鶯鶯相戀，始亂之而終棄之，後男婚女嫁，張生曾過崔所居，求見不得，崔有詩以抒怨情：

自從消瘦減容光，
萬轉千迴懶下床。
不為旁人羞不起，
為郎憔悴卻羞郎。

前人考證，這張生其實便是元稹自己，仲則此處以微之自比，自有一種愧疚之情。整個四句，合而言之如是：那裡可有傳說中的信差來替我傳送別後寫給妳的詩句？我只有姑且用李商隱〈錦瑟〉一樣纏綿的詩篇來記述那流逝的年華了，將來或許會如元稹一樣重過那傷心之地，想來妳會如崔鶯鶯一般，百轉千回，只一味的自哀自憐吧。

仲則這四首詩，所感是同一舊事，有悔有愧，有愛有恨，真是百感交集，淒惻異常。雖然我們無由而知這位女郎姓名、身分，然而能得詩人用如此哀怨的情詩去懷念她，想必亦是絕代風華，而對於仲則來說，生命裡一次痛苦的愛情經驗，無論如何是至死不渝的。

相思千里——古典情詩九首賞析

杜甫〈月夜〉

今夜鄜州①月，閨中只獨看。
遙憐小兒女，未解憶長安②。
香霧雲鬟濕③，清輝④玉臂寒。
何時倚虛幌⑤，雙照⑥淚痕乾。

【注釋】

① 鄜州：鄜，音ㄈㄨ，今陝西省鄜縣。
② 長安：唐朝的都城，在今西安市。
③ 香霧雲鬟濕：鬟，音ㄏㄨㄢˊ，總髮也，即把長髮上梳盤結成環狀；雲，古時候人常以

「雲」形容女子之髮。霧本無香，香從髮中而出，時有霧，故云香霧。
④清輝：指月亮的光輝。
⑤虛幌：虛，透明。幌，帷幔，此指窗帷。倚虛幌，表面上是倚著透明的窗帷，其實是倚窗。
⑥雙照：月光雙雙照著我們，指兩人雙雙看月。

【賞析】

「今夜，鄜州也該是一輪明月高高掛在天空吧！想起閨中的妻子，也一定因想念我這個遠方的遊子而難以入睡，獨自一人癡癡地凝視著月亮吧。

也想起幼小的兒女，他們該不了解什麼是戰亂，不知掛念身陷長安亂賊中的父親的安危，如今他們已熟睡了吧！

夜空下的妻，散發出香味的雲髮，該已被濃霧沾濕了；清冷的月光，照在她潔白的手臂上，想來她已微感寒意了吧！

何時呀？我們能再並肩倚窗，共看明月，讓月光照著我們，那時呀！我們將擦乾眼淚，讓歡樂的氣氛籠罩著我們。」

以上我試圖將杜甫這首〈月夜〉逐句逐段加以改寫成散文的形式，應該很難百分之百表達杜詩原意。

望月思人原是很普遍的人間現象，古來以此發言為詩的不計其數，但杜甫此詩能讓人吟哦不止，耐人尋味，自有其超俗之處：㈠如清朝紀曉嵐所說「入手便擺落現境，純從對面著筆，蹊徑其別」；㈡如顏崑陽所說「綜觀這首詩，造語雖似平淡，但詩的深度卻非常夠。尤其章法結構很緊密，一氣呵成，而表達技巧更是超特奇絕，能擺脫一般人見月思人的陳套，而另成面目。」

蘇軾〈贈別〉

青鳥①銜巾欲飛，黃鶯別主②更悲啼，
殷勤莫忘分攜處，湖水東邊鳳嶺西③。

〈代贈別〉

絳蠟④燒殘玉斝⑤飛，離歌唱徹萬行啼。
他年一舸⑥鴟夷⑦去，應記儂家舊住西。

【注釋】

① 青鳥：這裡的青鳥不必特指神話中西王母的使者三色鳥，牠比喻詩人自己，與下句黃鶯比喻對方（女性）剛好相對。
② 黃鶯別主：暗用唐人戎昱之妓和他分別的典故。戎昱有一妓，甚美，其上司韓滉強要之，他作詩一首送她，其中有「黃鶯久住渾相識，欲別頻啼四五聲」，這裡指所愛的人悲啼離去。
③ 湖水東邊鳳嶺西：湖，可能指西湖，鳳嶺可能指浙江杭州市南的鳳凰山。蘇軾曾兩度

被貶官至杭州，此二首詩收在全集前集卷四，同卷有許多關於湖的詩，當是他三十幾歲時在杭州的作品。

④絳蠟：絳，深紅色。絳蠟，紅燭。

⑤玉斝：斝，音ㄐㄧㄚˇ，玉爵，酒器的一種。

⑥舸：音ㄍㄜˇ，大船。

⑦鴟夷：鴟，音ㄔ，一種兇鳥，又可作為酒器名，這裡是指酒器，用范蠡的典故，范氏助句踐復越以後，浮海至齊，自號鴟夷子皮，言若盛酒之鴟夷，多所容受，可伸可縮，因為是皮製的，所以稱子皮（事見《史記・越世家》、《漢書・范蠡傳注》）。

【賞析】

蘇東坡豪放不羈，風流倜儻，首次到杭州的三年之間，歌妓相陪，醉酒吟詩是常事，譬如說他在那裡便納了一個錢塘名妓王子霞（又名朝雲）。從此詩中的「黃鶯別主」典故看來，詩中這位女性顯然亦是歌樓美妓之流。

問題是：到底是蘇東坡要離開，或者是妓要離去？顯然我們要採取上種說法：蘇東坡將離開杭州，寫了一首詩（贈別）送給妓，又代妓次韻（仍用前詩原韻）一首，前者大意是這樣的：

許久以來我就想要離去了，而且已經有所準備，可是如今真要分手，我黯然傷神，而妳卻像唐人戎昱的妓要和他分別一樣，哭泣得那麼悲哀！只是，親愛的，我必得就此上路，我會想念妳的，妳千萬不要忘記昔日我們攜手共遊之處，不論是在西湖之東，或是鳳凰山的西邊，因為那些地方都留下了我們恩愛的痕跡呀！

後首則站在妓的立場送給自己一首詩，大意如下：

夜深了，紅燭已經燒殘，席宴中歡飲的酒杯來去如飛，唱盡離歌，我也流盡眼淚了！親愛的，如今你不得不走，只是來年如果你也想一學范蠡，掛冠歸去，乘著大船泛遊三江五湖，來到西湖，可別忘記我一直都住在湖西邊的舊居呀！

十六年後，蘇東坡又來到杭州，有沒有重尋舊歡，我們就不得而知了。

吳偉業〈古意〉

歡作機中絲，織作相思樹。
儂似衣上花，春風吹不去。

【賞析】

詩題「古意」，顧名思義是指古人之意，用古人或古詩中之意以為己意來表達心思，古代的許多詩人都有這樣的作品，例如：

李白〈古意〉

君為女蘿草，妾作菟絲花。
輕條不自引，為逐春風斜。
…………

白居易〈古意〉

脈脈復脈脈，美人千里隔。

…………

昔為連理枝，今作分飛翮。

寄書多不達，加飯終無益。

心腸不自寬，衣帶何由窄？

陸游〈古意〉

千金募戰士，萬里築長城。

何時青塚月，卻照漢家營？

馬世俊〈古意〉

紫塞三千里，征夫去不還。

簾前新月上，似為寄刀鐶。

李白和白居易的詩意來自古詩，陸游的詩取意自「秦時明月漢時關」，馬世俊的詩意是古人詩中「寄征衣」的變奏。至於吳偉業的這首〈古意〉，頗似古樂府吳聲歌曲中的〈子夜歌〉，譬如《樂府詩集》中所載的四十二首中有一首：

歡愁儂亦慘，郎笑我便喜。
不見連理樹，異根同條起。

吳詩也是這樣一種意涵：女子想情郎，願生生世世恩愛不離。詩是女子口吻：我很愉快地在這裡裁縫衣服，想把布帛織成有鴛鴦棲止其上的相思樹，一針一線都代表我的情思，那麼我就像衣上那一朵朵的花兒，當你穿在身上，我就緊緊貼住你，任春風狂吹也吹不走。

簡短的篇章中傳達出來的是濃郁的情意。

龔自珍〈暮雨謠〉

想見明燈下，
簾衣一桁①單。
相思無十里，
同此鳳城②寒。

【注釋】

①桁：音ㄏㄥˊ，橫木。這裡讀為ㄏㄤˋ，衣架也，古樂府〈東門行〉詩有「還視桁上無懸衣」句。

②鳳城：秦穆公女弄玉吹簫似鳳聲，鳳聞其聲而降其城，因此其城被稱為丹鳳城，後來的人稱京都之城為鳳城。

【賞析】

龔自珍的〈暮雨謠三疊〉是有感於「暮雨」而寫的三首五絕，其第一首「暮雨憐幽草，曾親擷翠人。林塘三百步，車去竟無塵。」在黃昏的雨中，想到「幽草」

而興憐意，更想起曾經親自採過它送給如翠玉般的姑娘，後來我走了，分手在那生幽草的林塘邊，這一走就再也沒有回去過了。第二首「雨氣侵羅襪，泥痕黦畫裳。春陰太蕭瑟，歸費夕鑪香。」雨再度出現，雨中寒氣透過羅襪，一地的泥濘弄髒了我身上繡有圖紋的衣裳。春雨綿綿，滋潤萬物，本應是充滿生機的時刻，只是如今我竟感到陰氣太過於蕭瑟逼人，回去得費半天的時間用鑪香來熏走陰氣呢。

本書所選是第三首：「想見明燈下，簾衣一桁單。相思無十里，同此鳳城寒。」詩思從己身又跳回「翠人」，這當然是歸後熏鑪香時的思境，緊扣前面出現過的「暮」、「夕」、「羅襪」、「畫裳」以及陰寒之氣。詩一開始便說：可以想見此刻她正孤獨的在一盞明燈之下，捲簾凝望著衣架上孤單的幾件衣裳，這個「單」亦暗示著她的孤單。末兩句終於把「車去竟無塵」的真況做了部分的交代；我和她相距只不過是十里的路程，此刻都同時在此城的寒氣籠罩之中。至此我們大體可以了解，這也是一對相愛而不得廝守一起的情侶，究竟什麼因素導致這樣的相思呢？我們不知道。

孔尚任〈池污水〉

污池水渾①不成底，池邊灌園②人早起。
如雪白紵③攬青絲④，竹竿挑出兩人死。
一男一女貌如花，香帕繫頸肩相比。
人人圍看不識誰，有姥⑤哭媳又哭子。
媳為嫂兮子為叔，嫂寡叔幼情偏美。
昨日人投碧玉釵⑥，花燭今夜照門裡。
心急口懦無奈何，兩人私誓同沉水。
水底鴛鴦⑦不會飛，那得生根變連理⑧！

【注釋】

① 渾：音ㄏㄨㄣˊ，水混濁的樣子。
② 灌園：園中澆水，此指園丁。
③ 白紵：紵，音ㄓㄨˇ，麻繩。
④ 青絲：頭髮。
⑤ 姥：音ㄌㄠˇ或ㄇㄨˇ，老婦。

⑥碧玉釵：碧玉是石英的一種，可作為裝飾用。碧玉釵是碧玉製成的釵，此指訂婚禮物。

⑦鴛鴦：鳥名，棲息於池沼之上，雄的是鴛，雌的是鴦，雄雌偶居不離，常被用來比喻夫妻的如膠如漆。

⑧連理：即連理枝，指兩棵枝條相連結的樹，比喻夫婦一體，白居易〈長恨歌〉中有「在天願作比翼鳥，在地願為連理枝」句。

【賞析】

這首七言古詩敘述一樁奇特感人的愛情事件，詩人將他所聞見的悲劇場面，用白描的寫法做了一個真實的「報導」。

事件中的主角是一個守寡的女人和她的小叔，女人死了丈夫，日久和小叔發生了戀情，這樣的愛自然難容於傳統的中國社會，可想見他們只能偷偷地幽會，直到有一天，小叔訂婚了（當然不可能是他自由意志的抉擇），而且眼看著今夜就要成親了，怎麼辦呢？愛是如此的堅貞，退婚嗎？不可能；私奔嗎？更是難卜此去前程，於是「兩人私誓同沉水」：殉情，於是便演出了這一齣令人觸目驚心的悲劇。

詩一開始便緊扣詩題，而且呈現男女主角殉情的場景：一戶人家花園中的水池，池中之水濁不見底。一早園丁便起床幹活，赫然發現池中：「如雪白紵攪青絲」

（雪白的絲繩紊亂攪拌著一綹綹烏黑的頭髮），他用竹竿將它勾起，竟然是兩個人溺死在池中的一對男女，年華正當青春，他們用絲帕綁在兩人頸上，並肩緊緊互相依偎著。

事情很快就傳開了，人們爭著跑來圍在池邊，你一言我一語的談論著，卻沒有一個人知道這死者是何許人也，忽然間急急忙忙跑來一位老婦人，哭哭啼啼喊著「兒子呀！」、「媳婦呀！」，呼天搶地之間，人們才瞭解到底是怎麼回事。

唉！原來是這麼一個美麗而悲慘的愛情，「嫂寡叔幼情偏美」是詩人首次發生的感嘆，詩的最末兩句「水底鴛鴦不會飛，那得生根變連理？」更是對於輕生者一種憐惜式的責難，鴛鴦原是雙宿雙飛，而如今他們自沉池中，能飛的只有不可知的靈魂了，如何在地生根為連理枝呢？

男女相愛不得結合而殉情的事件古今皆有，今日不用說，古代〈孔雀東南飛〉的故事亦流傳民間，但叔嫂相戀而殉情卻是罕聞，古時候禮教甚嚴，女人守貞守潔的觀念甚強，豈能容許叔嫂相愛？而作為孔子後代的詩人孔尚任，卻沒有對這個殉情事件，以倫理規範的觀點去加以批判，反而說出「情偏美」的話來，而且他最後的責難亦隱含對舊有禮教的控訴，不能不教我們激賞了。

這首情詩深入淺出，故事感人，值得一讀，也值得我們探討古代禮教與愛情的諸多問題。

袁枚〈病中贈內〉

宛轉①牛衣②臥未成，老來調攝③費經營。
千金盡買群花笑，一病纔徵④結髮情。
碧樹無風銀燭穩，秋江有雨竹樓清。
憐卿每問平安信，不等雞鳴⑤第二聲。

【注釋】

① 宛轉：宛者屈也，宛轉本指委宛隨順之意，這裡指輾轉，在床上滾來滾去睡不著覺之意。
② 牛衣：即牛被，編亂麻或草為之，又稱龍貝，典出《漢書・王章傳》：初王章為諸生，學於長安，獨與妻居。章疾病無被，臥牛衣中，與妻訣泣，其妻呵怒之，……及為京兆，欲上封事，妻又止之，曰：「人當知足，獨不念牛衣中涕泣時耶？」
③ 調攝：調養身體。
④ 徵：證也、驗也。
⑤ 雞鳴：《詩經・鄭風》有〈女曰雞鳴〉章，詩寫夫婦相愛，生活協調，互訴衷曲。

【賞析】

袁枚的一生，早歲仕宦，以清正著稱，四十歲歸隱隨園之後，放情聲色，浪漫多姿。他廣收女弟子，授以詩文，故乾隆而後，婦女詩文頗盛，袁枚之影響最為重大，但是他也因此而受到猛烈的攻擊，寫《文史通義》的章學誠便曾不指名的破口大罵他「無恥妄人」。

章氏當然罵得太過火了，但也說明了袁枚突破社會規範，有「好色」的嫌疑，〈病中贈內〉詩中的「千金盡買群花笑」就是他的自白，不過這個「群花」則未必是那些女弟子，而可能是青樓中的歌妓酒女之流。

從此詩我們可以瞭解，袁枚此時已老。詩首聯點出詩題的「病」，次聯點出「內」（內人，即妻子），老來病中以詩贈內，回顧一生，盡是懺悔之情：如今我病臥牛衣之中，一夜輾轉反側，怎麼都睡不著覺。唉！年紀一大，身體的調養就不是那麼容易了。想到自己，一大把金銀財寶都花在歌樓酒館的群花中買笑了，如今一病，才驗證自己髮妻的深情。

千金既已盡散，如今當然赤貧，故得臥於「牛衣」之中（牛衣暗喻詩人此刻的貧窮）；因為他是在群花中買笑，虛擲精力，老來要「調攝」當然得大費周章了，這雖未必是他的病因，但總脫不了干係的。這時已無群花笑聲可以撫慰老病中的空虛之心了，時相慰藉的只有昔日被自己冷落了的髮妻，也只有她還要我這個糟老頭了。言下之意的悔悟之心溢於言表。

腹聯承「結髮」而來，寫與妻婚後之初生活的情境，而用自然界的具體意象來呈現：碧樹、秋江；風、雨；銀燭、竹樓。在這些意象形成的格局中，我們可以勾勒出一個整體形貌與感覺：在我們生活的天地裡，樓外是碧樹是秋江（碧樹當指「春」，秋江指「秋」，春與秋同時出現，可表示不管在什麼季節裡），無風之時，樓中銀燭平穩的照耀著我們（穩的感覺是安定、平靜）；有雨之時，樓外淅淅瀝瀝，而我們在樓中卻是安靜、祥和。

末聯回頭扣緊詩題，病中之贈內，是因「卿每問平安信」，妳頻頻而來的關心，使我愛憐，這也就是前面結髮情被證實的原因。「憐」意一生，故有「不等雞鳴第二聲」，不等到晨雞鳴叫第二聲究竟是幹什麼？很簡單，起坐作詩相贈以答卿頻頻問候之意。同時，「雞鳴」明用《詩經・鄭風》〈女曰雞鳴〉的典故，原典寫夫婦相愛，生活協調，互訴衷曲，故此亦有此意。聞雞始鳴，思及往日的無情，難安枕席，寄詩以表寸心也。

袁枚此詩足為天下間浪蕩子戒。

席佩蘭〈喜外歸〉

曉窗幽夢忽然驚，破例今朝雀噪晴。
指上正輪歸路日，耳邊已聽入門聲。
縱憐面目風塵瘦，猶睹襟懷水月清。
好向堂前勤慰問，敢先兒女說離情？

【賞析】

席佩蘭和孫原湘，夫婦二人情深愛濃，閨房之樂往往反映於她的詩中，如〈同外作〉、〈夏夜示外〉、〈寄衣曲〉、〈喜外歸〉。這裡賞析〈喜外歸〉，詩意是這樣：「曙光透過窗戶投進室內，突然驚醒我的一簾幽夢，今兒個也真怪，一大清早喜雀便在晴朗的天空之下叫個不停，一顆火紅的太陽正照耀著來家的路上，正當我的手指向它，耳邊已聽到有人入門的聲音，啊！原來是他歸來了，心愛的人，可憐他風塵僕僕，面目清瘦，衣襟上、懷中沾滿了月光下的露水，必然清冷，趕緊地走向堂前向他殷勤慰問吧！可是我怎麼好意思比兒女先和他傾訴這離別之情呢？」

丈夫久別在外，突然歸來的喜悅，對於恩愛的雙方來說真是難以言喻，尤其是女人，多少時日的掛念，漫漫長夜裡的思憶，都在這一剎那間得到最珍貴的彌補，席佩蘭在表示外歸之喜上，真情畢露，而其「喜」卻由一「憐」字來表現，不是憐己而是憐他清瘦，憐他在夜間披星戴月趕路，欲言還休，中國婦女形象便如是呈現在我們的眼前了。

孔璐華〈憶外書寄滇南〉

擬入京華①共舊林，不期滇南②又分襟③。
錦囊但覺新詩少，白髮還愁舊病深。
萬里江湖難放棹④，一樓風雨獨停琴。
致君珍重無多語，惟把丹心答帝心⑤。

【注釋】

①京華：京師為人文薈萃之地，故稱京師為京華。杜甫〈秋興〉八首中有「每依北斗望京華」句。
②滇南：滇是指滇池，在雲南省昆明縣南。因雲南境內有滇池，故雲南亦名滇。
③分襟：襟，音ㄐㄧㄣ，同「衿」，古人的衣領兩片斜下相交之處謂之襟，故有謂領為襟者。分襟可能指領不相交而分者，故分襟可指分別。又，水交會處亦曰襟，故分襟者謂水交會後復各分西東。
④放棹：棹，音ㄓㄠˋ，音義皆同櫂字，行船之具，置於舟旁，撥水使船前進，長者曰櫂，短者曰楫。放，置也，如安放、擱放之放。放棹，即把棹放置妥當，易言之，放棹即收棹，停泊之意。
⑤惟把丹心答帝心：此句可有二解，關鍵在於兩個「心」字：其一，丹心指「我」詩人自己，帝心即君心，君心即你心；其二，丹心指你心，帝心指帝王之心。前一解是

說，只是用我這顆赤忱之心來答報你待我之心。後一解是說只是希望你以赤忱之心來答報皇上重視您期望您之心。下面的賞析是取後一解。

【賞析】

孔璐華是清道光（宣宗年號）年間儀徵大學士阮元（字伯元，號芸臺）的繼室，故此詩中的「外」當然是指阮元。

我們設想這詩的背景是這樣：阮元本來已經打算回到京城和孔氏團聚，沒想到他又奉命轉道至滇南，於是孔氏在悵然之餘寄詩至滇南以表思君之情。

這個設想是據首聯而定。次聯是孔氏自訴近況：最近詩寫得極少，髮白了，還得為舊病復發更劇而愁。詩為什麼會寫得少？髮為什麼會白？舊病為何會復發？言下之意是一切因思君心切而起。腹聯上句寫對方漂泊在萬里江湖之中難有所安定，下句復寫自己，當你正在外頭流浪之際，我獨自一人在樓中彈琴，卻因風雨而停下來了。感對方的漂泊，多所憐惜；慨自己的孤單，亦生哀怨！

末尾以祝語總結，她說：我已經不想多說什麼，只望您多多珍重，更希望您以一顆赤忱的心答報皇上器重您之心，早日完成任務而歸來！

以詩代書，短短五十六字勝過千言萬語，末尾的期望更暗示她的賢淑明智，想來這孔氏不只是女詩家，亦是好婦人。

【附錄】

詩之為言志也

李瑞騰

《說文・三上・言部》說：「詩（詩），志也，从言寺聲。訨，古文詩省。」「詩」是形聲字。根據訓詁學上「凡從某聲多有某意」的原理，知道「詩」有「寺」意；《說文・三下・寸部》說：「寺（寺），廷也。有法度者也，从寸㞢聲。」然而「寺」仍是個形聲字，它有「㞢」意自是無可疑慮。而「㞢」又是什麼意思呢？《說文・六下・之部》說：「㞢（之），出也，象艸過屮，枝莖漸益大有所之也。一者地也。凡之之屬皆从之。」於是我們知道，「㞢」是「寺」、「詩」二字的字根。字根相同的字，語根自然相同；語根相同的字，意義相近。所以我們只要探討「之」字的意義，便不難發現「詩」的意義了。

上面說過，在說文中「㞢」是「出」的意思，是個指事字，指草木通過初生階段繼續往上生長，今文作「之」，段玉裁引《爾雅・釋詁》的「之，往也」證明「之，引伸之義為往」。所以「之」有「往」意是千真萬確了。（其實許慎說「㞢」是「象艸過屮。枝莖漸益大有所之也」時，已經指出「往」的訊息了。）

「㞢」既有「往」意，那麼「詩」也有「往」意也是不爭之論了。接著再討論許慎訓「詩」為「志」的「志」字《說文・十下・心部》說：「𢗊（志），意也，從心㞢，㞢亦聲。」說文「凡言亦聲者會意兼形聲也」（「吏」下段注），所以「志」也是個形聲字，從㞢得聲。㞢有「往」意，「志」當然亦如「詩」字，也有「往」的意思了。

許慎訓「詩」為「志」，便是從這點著眼的，「詩」、「志」字根相同，疊韻為訓（詩，書之切。志，職吏切。同在段玉裁古韻第一部），而許慎並非這種說法的創始者，早在現存說「詩」最早的文獻中便持此說了，《尚書・堯典》記舜命夔掌管音樂時就說：「詩言志，歌永言，聲依永，律和聲。」鄭玄注「詩言志」時說：「詩所以言人之志意也」，便是從「詩」和「志」的關聯性立論，而說明「詩」究竟由何而生？「志」可訓為「記」，本無可厚非，就是我們今天也同樣持有這種看法，然而「詩」可訓為「志」，是否亦可訓為「記」，又得大費周章去加以詮釋。

說文訓「志」為「意」，訓「意」為「志」，說「意」是「從心音，察言而知意也」。「意」是心之音，借「言」表之於外，察「言」自是可以知「意」，〈詩大序〉說：「詩者志之所之也。在心為志，發言為詩，情動於中而形於言。」在心的志，發言為詩，正是心之音的借「言」表之於外，然而言之外發，並不一定為詩，換句話說，情動於中而形之於言，並非絕對成詩，它要成詩，是否還有其他的條件？

這就又牽涉上面的問題：「詩」和「記」的關係，如果我們相信「詩」在上古時代便是指著一種記錄，記錄是為了不忘記，我們當然就可以就說「在心為志，發言為詩」。同樣的說詞在漢人的著述中亦常常出現，如「在事為詩，未發為謀，恬澹為心，思慮為志。詩之為言志也。」（〈詩譜序〉孔穎達疏引《春秋說題辭》）

聞一多以為「詩字訓志，最初正指記誦而言」（〈歌與詩〉，見《神話與詩》），但記錄並非只記感情，他說：「志有三個意義：一記憶，二記錄，三懷抱，這三個意義正代表詩的發展途徑上三個主要階段」，果如是，則〈詩大序〉已是詩發展到「懷抱」的階段了，但是他持以證明首二階段的根據還是〈詩大序〉時期的說法，所以他雖言之成理，卻仍未脫「想當然耳」的言論。

從聞一多、朱自清（見〈詩言志辨〉）到陳世驤（見〈中國詩字之原始觀念試論〉，載《陳世驤文存》）都不遺餘力地從「詩」的字源探討上試圖去理清「詩」字的原始觀念，然而他們對於詩的字根「㞢」有所誤解，咸以為「㞢」像人足停止在地上，這有辨解的必要。

從《甲骨文合集》中「之」和「止」字看來，這兩個字的字形相近得幾乎可以視為一字：

㞢：（合33193）、（合30515）、（合20197）、（合6583）

止：（合14200）、（合11654）、（合7947）、（合12474）

㞢、止非一字，李孝定「甲骨文字集釋」辨之已詳。「詩」、「寺」、「志」三字皆從「之」得聲，前述三位先生誤㞢為止，故有㞢訓解為「停止」的主張，實為大誤。據李氏所考，「止」字象足趾形，表示人之形動，是「前進」之意，並非「停止」。即便如聞一多等人認為「詩」字從「止」，也正應解為心之行動，而非心之停止。如此一來，理解「詩言志」、「志者，心之所之」

就更怡然理順了。

緣此，〈詩大序〉的「詩者志之所之也」乃有一明確的意義，〈詩大序〉只說明「詩」究竟是從何而生，說明了「詩」有什麼，並沒有準確說出「詩」究竟是什麼。說明了「發言為詩」，並沒有說如何發言才是詩。這是詩藝本質上的問題，值得我們不斷探究下去。

補記：

一九八八年，我在《幼獅文藝》寫「現代詩欣賞論」專欄，寫了以下三篇就結束了：〈耐心、細心、同情心〉（元月）、〈詩人、詩、讀者〉（三月）、〈意象之美〉（四月）。和前此（一九八一）在同一刊物寫另一專欄，亦三篇而止的情況類似，我歸因於和主編溝通不良所致。

其實我另有第二篇〈「詩言志」試探〉，為「詩」進行字源探索，由於裡頭的甲骨文字和篆字，排版校對上有其難度，主編把一校稿給我，要我自己想辦法，我決定抽掉這篇，順手把一校稿夾進拙著《寂寞之旅》（台北：時報出版公司，一九八二）的自校本中，該自校本不知何時佚失，已無存書，乃借《文訊》所藏，影印裝訂了一本，此一校稿竟又夾進影本之中，就這樣被保存下來了。其後有一回在書房中翻閱資料，無意中發現，決定妥為收藏。

最近，九歌出版社陳素芳總編輯擬再版新印我多年前舊作《相思千里》（台北：業強出版社，一九九一；九歌出版社，二〇〇〇），重校過程中，想起有一年曾以此書為底本，改編成教案，教學資料保存非常完整，其第一講除說明課程，另拆「詩」為幾個字——言、士、寸，畫寫其篆字，解釋「詩」字的構成及「詩」文類的特性。我把上課用的PPT傳給執行編輯羅珊珊小姐，她認為那樣的解釋有助於讀本書的讀者了解「詩」，我這才想起昔日曾分析過「詩言志」，找出來拍傳給她，她找人重新打字，回傳給我。

我的古典文字學訓練很普通，平常頗依賴《中文大辭典》一類的字書，有必要時則翻閱《說文解字》，甚至《說文解字詁林》、《甲骨文字集釋》等，都當工具書使用。我深知許多知識領域都非常專業，而且日新月異，非長期關注、追蹤不可，但我在文字學方面並沒有進步；這一次重讀二十餘年前解「詩」字之舊稿，頗為心虛，又沒有餘力去補不足，原想放棄，但想到

《相思千里》以古典愛情詩為討論對象，「志」、「情」與「詩」的關係那麼密切，「言志」、「緣情」混雜使用其間，講清楚「詩」字何解，應有助於今之讀者，為此，我請中大中文系同事孫致文老師以其專業為我審讀，下面是他初讀後給我的信：

老師：

大作拜讀了，蒙您下問，實在不敢當。

「詩」之從「㞢」，確實是像草木初生之形，有滋長之意，有助於闡釋「詩言志」。然而，「之」、「止」，甲骨學者或以為一字，或以為有別，但象腳掌形的「止」(「趾」的初文)，目前學界一般認為是「前進」之意，並非「停止」；李孝定《甲骨文字集釋》即指出「止」字「所以示行動」(頁1895)。(又如，「止戈為武」，本初並非停止干戈，而是執干戈前進。)

聞一多、陳世驤二氏之說固然有誤，但或主張「詩」字從「止」，且接受「止」有前進、前往之意，則「詩言志」、「志者，心之所之」就更怡然理順了。

以上淺見，還請您指教。

致文敬上　10/14

我初到中大中文系任教時，致文上過我的課，他興趣多方，好像生來就是要讀中文系的，且治學甚勤，以經學為主，旁涉語言文字之學，於文學，特別是民間戲曲，皆有所擅長。我請他幫我止外補闕，遂成今貌。以下是他的另一封信：

老師：

大作最後兩段，我略作了修改。為了使用中研院提供的古文字字形圖檔以方便編印，我將引用甲骨文的出處改為《甲骨文合集》，並在字後附上出處編號。至於解說，仍以李孝定《甲骨文字集釋》為據。行文略作了更動，請您看看是否合適？

致文敬上　10/21

我和九歌結緣甚深，每出版我的書，都不計盈虧，甚為感念；這次出書，更因此而找出這一篇舊稿，諸事紛陳中，特有一份欣喜之情。

二〇一五年十月二十二日　台北

九歌文庫 1205

相思千里

作者	李瑞騰
責任編輯	羅珊珊
創辦人	蔡文甫
發行人	蔡澤玉
出版發行	九歌出版社有限公司 臺北市105八德路3段12巷57弄40號 電話／02-25776564・傳真／02-25789205 郵政劃撥／0112295-1
九歌文學網	www.chiuko.com.tw
印刷	晨捷印製股份有限公司
法律顧問	龍躍天律師・蕭雄淋律師・董安丹律師
初版	2000（民國89）年8月10日
增訂新版	2015（民國104年）11月
定價	260元

書號　F1205
ISBN　978-986-450-025-3
（缺頁、破損或裝訂錯誤，請寄回本公司更換）

國家圖書館出版品預行編目資料

相思千里：中國古典情詩 / 李瑞騰著.
-- 增訂一版. -- 臺北市：九歌, 民104.11

面； 公分. -- (九歌文庫；1205）

ISBN 978-986-450-025-3（平裝）

831.92　　　　104020725